Édition française

Traduction :
Tony Sanchez

Adaptation graphique :
Clair Obscur

ISBN : 978-2-35592-566-5
Dépôt légal : août 2013
Achevé d'imprimer en France en avril 2014 par Hérissey (Eure)

...
ÇA NE CHANGE RIEN AU FAIT QUE JE T'AIME, NE L'OUBLIE PAS !
CE N'EST QU'UN CHAT...
POURTANT...
...
PAR SA FAUTE, JE ME SENS TOUTE RETOURNÉE !
Histoire bonus - fin

DOM
LES ÉTRANGERS T'INTÉRESSENT TANT QUE ÇA ?
BIEN SÛR, TU ES LA PREMIÈRE QUE JE RENCONTRE...
DIFFICILE DE NE PAS ÊTRE CURIEUX !
BON...
ENFIN BREF ...
SNIF
SNIF
SNIF
POF
ON HABITE À CÔTÉ...
FAISONS UN BOUT DE CHEMIN ENSEMBLE !
POF
D'ACCORD, MAIS JE TE DEMANDERAI D'ARRÊTER DE ME COLLER TOUT LE TEMPS !
AH...
CLAC

BORIS...
JE M'INQUIÉTAIS, TU SAIS...
SI JAMAIS JE NE TE VOYAIS PLUS...
JE...
JE SUIS CONTENT ...
QUE TU SOIS REVENUE !

MAIS ÇA NE CHANGE RIEN AU FAIT QUE JE T'AIME, NE L'OUBLIE PAS !

JE VOIS...
JE NE CONNAIS PAS BIEN CET ENDROIT, MAIS...
CHEZ MOI, ON NE SE COMPORTE PAS COMME TU L'AS FAIT !
QU'EST-CE QUE J'AI FAIT ?
TSS...
BOUSCULER LES GENS, LEUR LÉCHER LE VISAGE...
ÇA FAIT TROP DE CONTACTS RAPPROCHÉS !
CE N'EST PAS CONVENABLE !
HMM...
CONVENABLE OU PAS, QUELLE DIFFÉRENCE ? TU ES TROP SÉRIEUSE !
ÇA NE TE FATIGUE PAS ?
C'EST PLUTÔT VOTRE FAÇON DE PENSER QUI ME FATIGUE !
D'ACCORD...
JE FERAI EN SORTE DE RESPECTER TA VISION DES CHOSES !
AH !
JE NE VOUDRAIS PAS QUE TU ME DÉTESTES...
HEUREUSE DE TE L'ENTENDRE DIRE !
SUR CE, JE VAIS RENTRER...

IL FAIT NUIT...
BORIS ?!
AH !
GLOUPS
ALICE... B...
BONSOIR...
EUH...
ÇA VA ?
...
JE VOULAIS... TE PRÉSENTER MES EXCUSES !
JE NE SAIS PAS POURQUOI, MAIS TU AVAIS L'AIR FÂCHÉE, ALORS...
EUH...
JE SUIS DÉSOLÉ !
FUIT
UN CHAT, HEIN...
IL EST PLUTÔT MIGNON, EN FAIT...

CRR
À CE PROPOS ...
ÇA ME FAIT UNE BELLE JAMBE, TIENS !
TOI AUSSI, TU T'INTÉRESSES À MOI...
TU N'ES PAS AMOUREUX, J'ESPÈRE ?
QUELLE DRÔLE D'IDÉE...
TU ES BIEN PRÉSOMPTUEUSE !
TU AS RAISON ...
ME VOILÀ RASSURÉE !
TOUJOURS ÉGAL À TOI-MÊME !
CLING
HMM...
...
ON EST TOUS ATTIRÉS PAR CE QU'ON N'A PAS...
ET QUE L'AUTRE POSSÈDE !
TAC
TAC
TAC
MAIS CE SENTIMENT NE MÈNE PAS FORCÉMENT À L'AMOUR...
EN-FIN...
TOUT LE MONDE EST DIFFÉRENT !
...
TU ES QUELQU'UN DE GENTIL...
SOUS TES AIRS BOURRUS !
ÉPARGNE-MOI TES COMMENTAIRES...
NON MAIS !

TU ME DÉRANGES EN PLEIN TRAVAIL !
IL N'A PAS L'AIR D'APPRÉCIER SA VENUE...
JE ME DOUTAIS QU'IL ALLAIT DIRE ÇA !
ELLE A LES YEUX ROUGES D'AVOIR PLEURÉ...
...
EUH...
TOUT VA BIEN ?
!
JE NE SAIS PLUS TRÈS BIEN OÙ J'EN SUIS...
EN FAIT...
LES RÈGLES DE CE MONDE SONT SI DIFFÉRENTES DE CE QUE JE CONNAIS !
JE SUIS UN PEU PERDUE !
JE NE M'EXPLIQUE PAS...
LA MANIÈRE DONT PETER ET BORIS SE COMPORTENT AVEC MOI.
J'IMAGINE QU'ILS SE SONT PRIS D'AFFECTION POUR TOI...
CE SONT DES ANIMAUX, APRÈS TOUT !
C'EST VRAI QU'ILS EN ONT LES OREILLES ET LA QUEUE...
ILS DOIVENT AUSSI ÊTRE INTRIGUÉS PAR TON STATUT D'ÉTRANGÈRE !
!
TOUT LE MONDE AIME LES ÉTRANGERS, ICI...

J'AIME-RAIS BIEN L'ENTENDRE ENCORE...
ALICE ...
...
MES PAS M'ONT PORTÉE JUSQU'ICI SANS QUE JE M'EN RENDE COMPTE...

JE N'AVAIS AUCUNE IN-TENTION DE LA BLESSER, POURTANT...
TIC
TAC
ELLE DOIT M'EN VOULOIR...
GH...
ALORS J'ÉTAIS CURIEUX DE CE SON UNIQUE À WONDERLAND...
DE CE BATTEMENT CAPABLE DE ME FAIRE PERDRE TOUTE ME-SURE !
MA MONTRE ÉGRÈNE LE TEMPS...
TIC
TAC
DE FAÇON IMMUABLE...

QUOI ?!
EUH...
ATTENDS UN PEU...
JE L'AI FAIT PLEURER ?!
FRSH
OH LÀ LÀ !
ALICE ... ÇA VA ?
NE T'AP-PROCHE PAS DE MOI !
TAP
VLAM

AH !
PLAF
QU...
JE PEUX TOUCHER TON CŒUR ?
ARRÊTE !
S'IL TE PLAÎT !
JE NE PEUX PLUS BOUGER...
IL EST TROP FORT !
NON...
À L'AIDE !
!
GH ...
SNIF
NON ...

TU POSSÈ-DES QUELQUE CHOSE QUE JE N'AI PAS !
トクン BOBOM
トクン BOBOM
TU COM-PRENDS ?
トクン BOBOM
NON...
...
FRSH FRSH
S'IL TE PLAÎT...
LÂCHE-MOI, D'ACCORD ?
POF
NON !
ALLEZ...
GH...
TSS...
IL NE BOUGE PAS D'UN POUCE !
AH !
DIS...
ALICE !
FRSH

C'EST QUOI, CETTE RÉACTION ?
J'ESSAIE D'ÊTRE GENTIL, POURTANT !
JE NE VOIS PAS TROP CE QUE JE POURRAIS FAIRE D'AUTRE...
PARFOIS, J'AI DU MAL À TE SUIVRE !
ON NE SAIT JAMAIS QUAND IL EST SÉRIEUX...
POURQUOI ?
PFF...
EH BIEN, POUR ÊTRE HONNÊTE ...
JE NE COMPRENDS PAS CE QUE TU ME TROUVES !
C'EST À CAUSE DE ÇA...
TAC
POF
HEIIN ?!

DIRE QU'AU DÉBUT...
JE N'ÉPROUVAIS QU'UN VAGUE INTÉRÊT !
TU SAIS...
JE T'AIME VRAIMENT BEAUCOUP !
ぴょこん
FUIT
...
TU NE VOUDRAIS PAS...
ドン引き。
TAP
EUH...

TU T'ES PRIS UN SACRÉ VENT, DIS-MOI !
FUIT
ひょこっ
...
TU NOUS ESPIONNAIS ?
ESPÈCE DE VOYEUR !
ELLE NE T'A PAS RATÉ, DIS DONC !
HÉ HÉ...
!!!
TAIS-TOI...
ÇA NE TE REGARDE PAS !
PFF...
POF
HO HO...
DU CALME, PAS LA PEINE DE T'ÉNERVER !
TU VEUX QUELQUES CONSEILS ?
JE ME PASSERAI DE TES LUMIÈRES, MERCI...
TU AS BIEN TORT !!
BON SANG...
POURQUOI ELLE M'IGNORE ?
J'AI FAIT QUELQUE CHOSE DE MAL ?
SON CARACTÈRE ME FASCINE...

TU VIENS T'AMUSER ?
ARRÊTE UN PEU DE TRAVAILLER !
JE N'AI PAS LE TEMPS !
TU M'ENNUIES !!
...
VA FAIRE MUMUSE DANS TON COIN ET LAISSE-MOI TRANQUILLE !
NON !
C'EST AVEC TOI QUE JE VEUX JOUER !
POURQUOI TU ME COLLES TOUT LE TEMPS ?
C'EST ÉVIDENT...
PARCE QUE JE T'AIME !
POF
...
IL SE MOQUE DE MOI, EN PLUS...
PAF
CESSE DE PLAISANTER ET LAISSE-MOI !
TU SERAS GENTIL DE NE PAS ME DÉRANGER QUAND JE SUIS OCCUPÉE !!
TSS...
HÉ HÉ HÉ...
!

TU NE PEUX PAS COMPREN-DRE !
EH BEN...
DRÔLE DE RAISON...
POUR SE METTRE DANS UN TEL ÉTAT...
TU ES VRAIMENT ÉTRANGE !
ALICE !

TU PEUX SÉCHER TES LARMES, MAINTENANT...
JE LE SAVAIS...
CE MONDE EST TELLEMENT CRUEL... POURQUOI NE S'EN RENDENT-ILS PAS COMPTE ?
C'EST VRAI...
QU'AU TRAVAIL TOUT À L'HEURE, IL Y AVAIT DÉJÀ QUELQU'UN À SA PLACE...
LA JOURNÉE S'EST DONC POURSUIVIE NORMALEMENT !
TU VOIS ?
MAIS...
CE N'ÉTAIT PAS LA MÊME PERSONNE !
ELLE N'AVAIT PAS LES SOUVENIRS DE CELLE QUE JE CONNAISSAIS !
SA MONTRE A BEAU FONCTIONNER DE NOUVEAU, ELLE NE SERA PLUS JAMAIS COMME AVANT !
MAIS DE TOUTE FAÇON...
...
SNIF...

TU TE SENS MIEUX ?
OUI !
TU PEUX ME RACONTER ?
L'UNE DES PERSONNES AVEC QUI JE TRAVAILLAIS ...
EST MORTE !
ELLE A ÉTÉ PRISE DANS UNE BATAILLE ENTRE TERRITOIRES...
C'ÉTAIT UNE TRÈS JOLIE FEMME ...
D'UNE GRANDE GENTILLESSE !
JE NE POURRAI PLUS JAMAIS LA REVOIR ...
C'EST CE QUI M'A RENDUE TRISTE ...
QUOI, C'EST TOUT ?
ELLE VA ÊTRE REMPLACÉE, TU SAIS ?
ELLE N'AURA ABSOLUMENT PAS CHANGÉ !
IL N'Y A PAS DE QUOI PLEURER...

LICK
MAIS… BORIS ?!
LICK
ARRÊTE…
TU ME CHATOUIL-LES !
LICK
LICK
STOP !
PAF
?
ON N'EST PAS DES ANIMAUX ! QU'EST-CE QUI TE PREND DE ME LÉ-CHER LE VISAGE ?!
TU SAIS BIEN QUE JE SUIS UN CHAT !
J'AVAIS OUBLIÉ…
BOBOM
LICK
JE NE SAIS PAS CE QUI T'ARRIVE, MAIS JE N'AIME PAS TE VOIR PLEURER !
IL ESSAYAIT… DE ME CONSOLER ?
LICK
LICK

JE...
PLIC ぽろ
PLIC ぽろ
...
PLIC ぽろ
GH...
PLIC ぽろ
FUIT ウロ
SNIF
AH...
FUIT ウロ
HMM...
SNIF
SNIF
LICK

Histoire bonus
PARC D'ATTRACTIONS DU ROYAUME DE CŒUR.
TAP
QU'EST-CE QUE JE POURRAIS BIEN FAIRE POUR M'OCCUPER ?
TAP
TAP
TIENS ?
MAIS C'EST ALICE !
COUCOU !
QU'EST-CE QUE TU FAIS ?
HÉ HÉ...
BORIS ...
SNIF...

QuinRoseBox

...
C'EST LUI... QUI A RAISON !
J'AVAIS PEUR D'ÊTRE BLES-SÉE...
ET JE ME SUIS CHERCHÉ DES EX-CUSES...
SANS ME MONTRER HONNÊTE ENVERS MOI-MÊME !
JE N'AI PAS PENSÉ UNE SEULE FOIS À CE QU'IL RESSENTAIT...
...
J'AI DIT QUE J'AVAIS CHOISI DE RESTER ICI, MAIS...
JE N'AI FAIT QUE FUIR !
JE SUIS VRAIMENT...
LAMEN-TABLE !
À suivre...

!
AH...
...
FIUUU
BORIS !
!
LA NUIT EST TOMBÉE...
POF
CLAC
VLAN

PLOF
HAN
HAN
HAN
TU ME DÉÇOIS ...
M'EM-BRASSER AINSI DE FORCE, C'EST...
QUI A DÉÇU L'AUTRE LE PREMIER ?

AH...
BORIS...
GH...
POF
...
...
HMM...
HMM...
AH...
HMM...
AAH...
JE...
J'ÉTOUF-
FE...
...

POF
HMM ...
GH..
SMACK
HAN
HMM ...
HMM ...
...
FLOP

TU N'AS QU'À L'AC-COMPAGNER FAIRE LES BOUTIQUES !
MAIS ...
ALICE !!
??
TAP
REVIENS !!
TAP
ATTENDS-MOI !!
QUELLE MOUCHE T'A PIQUÉE ?!
TU ES BIEN SUS-CEPTIBLE !!
JE NE COMPRENDS PAS !
PFF.
JE NE SUIS PAS EN COLÈRE !
J'AI DU TRAVAIL !
TU ES JALOUSE ?!
JE SUIS JUSTE SURPRISE ...
ET PUIS TU DEVRAIS ÊTRE CON-TENT...
AVEC UNE MAÎTRESSE COMME VIVALDI, TU AURAS LA BELLE VIE !!
PAR-DON ?!
MOI OU UNE AUTRE, C'EST PAREIL, HEIN ?
BOBOM

ぱ
UN CHAT !!
あ
PLOF
ああっ
ぎゅっ
POF
なで FRSH なで なで FRSH なで FRSH
ARGH ...
J'IGNO-RAIS...
QUE VOUS AVIEZ UN CHAT, ALICE !
IL EST ...
TROP MIGNON !
?!!
REGARDE ...
J'AI QUELQUE CHOSE QUI DEVRAIT TE PLAIRE, MON MINET !
FRSH FRSH
ENFIN LIBRE ...
OUF...
PÂTÉE POUR CHAT
...
EUH... C'EST GENTIL ...
ÇA TE PLAÎT ?
J'EN AI PLEIN D'AU-TRES, SI TU VEUX ! ♡
ÇA IRA, MERCI...
...
TU T'ES TROUVÉ UNE GENTILLE MAÎTRESSE, ON DIRAIT !

QU'EST-CE QUE VOUS FAITES ICI ?!
ET SANS ESCORTE, EN PLUS ?
HI HI
J'AI APPRIS VOTRE VENUE AU ROYAUME DE TRÈFLE DE LA BOUCHE DU LAPIN BLANC...
JE ME SUIS DONC PERMIS UNE PETITE ESCAPADE !
VIVALDI ...
C'EST UNE EXCUSE POUR NE PAS PRENDRE PART AUX PRÉPARATIFS DU RASSEMBLEMENT ?
IL Y A ENCORE DU TEMPS.
VOUS N'ALLEZ PAS RENTRER AU CHÂTEAU AVANT L'ASSEMBLÉE...
HO HO HO...
JE TENAIS VRAIMENT À VOUS REVOIR, VOUS SAVEZ ?
JE FAIS AINSI D'UNE PIERRE DEUX COUPS !
ALLEZ, VENEZ ...
ON A DU SHOPPING À FAIRE !
DÉSOLÉE, MAIS...
JE DOIS ALLER TRAVAILLER !
COMMENT ?
MAIS RIEN NE VOUS Y OBLIGE !!
JE VOUS ORDONNE DE M'ACCOMPAGNER !
NAVRÉE, PAS CETTE FOIS...
MAIS CE N'EST QUE PARTIE REMISE...
D'ACCORD ?
PFF...
OH !

DIS-MOI CE QUI NE VA PAS !
TU FAIS LA TÊTE DEPUIS TOUT À L'HEURE...
PFF...
...
AUTANT L'IGNORER...
ALLEZ !
DIS !
C'EST PARCE QUE JE SUIS ENTRÉ DANS TA CHAMBRE SANS PERMISSION ?
OU BIEN...
PARCE QUE JE T'AI DEMANDÉ DE VIVRE AVEC MOI ?
...
IL PASSE ENCORE DU COQ À L'ÂNE ...
TU SAIS ...
JE NE VEUX PAS TE FORCER !
BIEN SÛR, JE SERAIS HEUREUX DE VIVRE AVEC TOI, MAIS...
TANT PIS !
SI TU NE VEUX PAS, ON OUBLIE ET ON N'EN PARLE PLUS !
ÇA NE LE GÊNE PAS...
DE POINTER UNE ARME SUR LA TEMPE DE SES AMIS ...
MAIS IL S'INQUIÈTE DE ME VOIR EN COLÈRE ?
FSH
!
ALICE ! ♡
DEVINEZ QUI C'EST !
CETTE VOIX...
CE PARFUM ...
...
VIVALDI ?!
HI HI...
TADAM
GH. VOTRE MAJESTÉ ?!

FUIT
TAP TAP
PAN
PAN
PAN
PAN
CLING
VSH
TIENS ?
ALICE ?
...
NON...
NON, NON, NON ET NON !
C'EST IMPOS-SIBLE !
JE NE PEUX PAS TOMBER AMOUREUSE D'UN TYPE PAREIL !!!
ALICE, ATTENDS-MOI !
POUR-QUOI TU ES PARTIE SANS DIRE UN MOT ?
JE VAIS ÊTRE EN RETARD...
ET TU N'AS PAS BESOIN DE MOI POUR TE DIVERTIR, IL ME SEM-BLE !

たん、TAP
HÉ HÉ !
VSH
CONCENTRE-TOI, AU LIEU DE DISCUTER !
TIENS ?
VOUS GAGNEZ EN VITESSE SOUS VOTRE FORME D'ADULTE ?
PAN
PAN
CLING
ARRÊTEZ !
DES AMIS NE DOIVENT PAS SE BATTRE ENTRE EUX !
VOUS M'ÉCOUTEZ ?!
BLAM
PAN
PAN
PAN
ILS S'EN FICHENT…
PFF…
EN PLUS, ILS ONT L'AIR DE S'AMUSER…
TSS…

HEIN ?
AH !
HA HA HA !
DOMMAGE...
C'EST RATÉ !
TU CROYAIS VRAIMENT NOUS AVOIR AUSSI FACILEMENT ? ♪
TU ES BIEN PRÉSOMPTUEUX !
MAIS...
OH QUE NON...
C'EST JUSTEMENT CE QUI EST AMUSANT !
IL A VRAIMENT TIRÉ ?!
ILS NE PEUVENT PAS ÊTRE SÉRIEUX...
ILS SONT AMIS, NON ?!
À NOTRE TOUR, MAINTENANT !!
TAP

LAISSE TOMBER BORIS ET VIENS TE DISTRAIRE UN PEU AVEC NOUS !
GRR...
S'IL TE PLAÎT !
GRR...
COMME DANS LE BAIN ! ♡
GRR...
TCHAC
TAC
...
JE VOUS PRÉVIENS, LES JUMEAUX ...
SI VOUS LA TOUCHEZ, IL VOUS EN CUIRA !
QU'EST-CE QUE TU NOUS CHANTES ?
ELLE NE T'APPARTIENT PAS, À CE QU'ON SACHE !
PEUT-ÊTRE PAS...
MAIS MOI, JE LUI APPARTIENS !
HEIN ?
TU POURRAIS ÊTRE PLUS CLAIR ?!
J'AI MAL AU CRÂNE...
QU'ILS SE DÉBROUILLENT...
PAN
CLING

DIS, BORIS ...
IL FAUDRAIT LE CREUSER PLUS PROFOND, CE TROU, NON ?
IDIOT ... ÇA N'AURAIT PLUS DE SENS !
TU CROIS ?
TU VAS TRAVAILLER, C'EST ÇA ?
HMM...
OUI ! JE SUIS QUELQU'UN DE TRÈS OCCUPÉ !
PFF...
?!
POURQUOI TU TE FÂCHES ?
JE SUIS PARFAITEMENT CALME !
MON ŒIL !!
ON DIRAIT UNE PIÈCE DE THÉÂTRE À L'EAU DE ROSE, TU NE TROUVES PAS ?
OUAIS ! C'EST RIGOLO, AU MOINS !
C'EST VRAI QU'ILS ONT L'AIR DE BIEN S'AMUSER !
SI ON PARTICIPAIT ?
POF
ALICE ! ♥
ON PEUT SE JOINDRE À VOUS ?
!
CE N'EST PAS TRÈS GENTIL DE NOUS LAISSER DE CÔTÉ !
POF
!!!

...
APRÈS TOUT, C'EST SANS IMPORTANCE !
ET PUIS SI JE NE ME DÉPÊCHE PAS, JE VAIS ÊTRE EN RETARD AU TRAVAIL !
HOP !
COUCOU...
ALICE !
DÉJÀ DEBOUT ?
IL S'AMUSE AVEC LES JUMEAUX ...
BONJOUR !
TU AS PASSÉ UNE BONNE NUIT ?
TU VAS BIEN ?
TAP TAP
ILS SONT EN TRAIN DE TE PRÉPARER UNE SURPRISE...
JE ME SUIS DIT QUE JE POUVAIS LEUR DONNER UN COUP DE MAIN !
...

ELLE ME PARDONNERA BIEN CETTE PETITE FAIBLESSE !
FRSH
...
...
IL EST PARTI...
JE LE SAVAIS...
C'EST TOUJOURS PAREIL !

...
ELLE S'EST ENDORMIE !
JE SUIS CONTENT QU'ELLE ME FASSE CONFIANCE À CE POINT, MAIS...
JE VAIS FINIR PAR CRAQUER, SI ÇA CONTINUE !
JE ME DEMANDE SI ELLE S'EN REND COMPTE...
FRSH
JE N'AI PAS ENVIE QU'ELLE ME DÉTESTE ...
ET JE NE VEUX L'OBLIGER À RIEN, MAIS ...

UN JOUR, TU TROUVERAS QUELQU'UN QUI T'AIMERA PLUS QUE TOUT !
CE JOUR...
NE VIENDRA JAMAIS !
JE NE SUIS PAS COMME MA SŒUR...
JE N'AI PAS SES QUALITÉS !
ON FINIT TOUJOURS PAR ME QUITTER.
À QUOI BON AIMER QUELQU'UN, SI C'EST POUR SE RETROUVER SEULE ?

TU VERRAS, ALICE...
TOI AUSSI, PLUS TARD...
CRR
TU RENCONTRERAS...
CELUI QUI FERA BATTRE TON CŒUR !
JE CONNAIS DÉJÀ CET HOMME...
MAIS...
"ALICE..."
"TA SŒUR EST VRAIMENT..."
J'AI MAL...

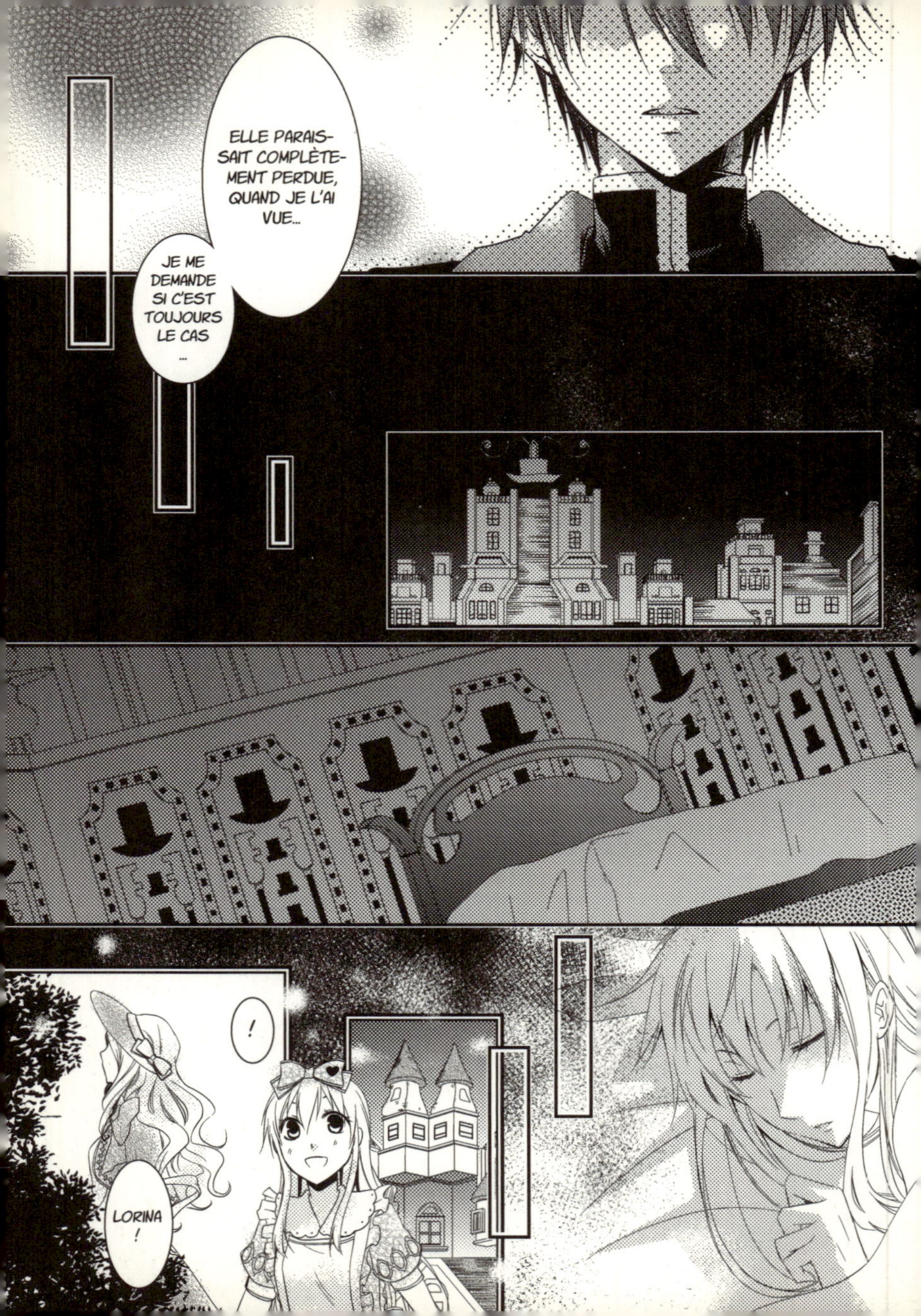
ELLE PARAIS-SAIT COMPLÈTE-MENT PERDUE, QUAND JE L'AI VUE...
JE ME DEMANDE SI C'EST TOUJOURS LE CAS ...
!
LORINA !

PAR AMOUR POUR MOI, ELLE S'EST RUÉE IC SANS PERDRE UNE MINUTE !
J'AI PU LE CONFIRMER QUAND JE L'AI RENCONTRÉE EN VILLE !
TU DÉLIRES, MON PAUVRE AMI !
どきっぽ！
PAF
HMM ... ALORS COMME ÇA...
ALICE AUSSI EST AU ROYAUME DE TRÈFLE ...
HÉ HÉ HÉ...
JE VOUS INTERDIS DE L'APPROCHER, MAJESTÉ ! ELLE EST À MOI !!
PREMIÈRE NOUVELLE... ET DEPUIS QUAND, AU JUSTE ?!
DEPUIS TOUJOURS !
C'EST MOI ET MOI SEUL QU'ELLE AIME !!
PAUVRE FOU...
CESSE DONC DE TE BERCER D'ILLUSIONS !
ALICE, TOUJOURS ALICE...
MAIS...

COMMENT OSES-TU FAIRE ATTENDRE TA SOUVERAINE AUSSI LONGTEMPS ?
PAR TA FAUTE, J'AI DÛ PASSER MA COLÈRE SUR UN GARDE AU HASARD !
C'EST MOI QUI SUIS À BOUT DE NERFS !
ME CHARGER D'UN TRAVAIL AUSSI ENNUYEUX...
J'AI DÛ ME RENDRE À LA TOUR DE TRÈFLE !
AH BON ?
QUEL QUE SOIT LE LIEU, TES RACCOURCIS NE TE MÈNENT JAMAIS NULLE PART, ACE...
TU NE CHANGERAS DONC JAMAIS ?
HAHA
JE NE VOIS PAS DE QUOI VOUS PARLEZ !
EN TOUT CAS...
TU M'AS DONNÉ BIEN DE LA PEINE !
TU FERAIS MIEUX...
DE SUIVRE L'EXEMPLE D'ALICE !
JE ME FICHE QUE TU PASSES TON TEMPS À T'ÉGARER, MAIS ÉVITE DE ME FAIRE PERDRE LE MIEN !
QUI ÇA, MOI ?

ARRÊTE DE T'AGITER ET DORS !
TU COMMENCES TON TRAVAIL DEMAIN, JE TE RAP-PELLE !
C'EST VRAI...
MAIS...
JE NE SAIS PLUS QUOI DIRE...
C'EST INCONVE-NANT !
MA SŒUR AURAIT HONTE DE MOI !
SI ÇA AVAIT ÉTÉ PETER, JE L'AURAIS DÉJÀ CHASSÉ DEPUIS LONGTEMPS...
MAIS AVEC BO-RIS, C'EST DIFFÉ-RENT...
TAP
TAP
NOUS VOILÀ...
VOTRE MAJESTÉ !
AH, ENFIN !

QU'EST-CE QUE TU FAIS ?!
BOBOM
TON CŒUR BAT LA CHAMADE !
BOBOM
C'EST À CAUSE DE MOI ?
BOBOM
AH... JE...
FSHH
RESTONS-EN LÀ ...
J'AI PU TE VOIR EN CHEMISE DE NUIT...
ET ÉCOUTER CE SON QUE J'AIME TANT !
JE ME CONTENTERAI DE ÇA POUR AUJOURD'HUI !
FRSH
AH...
ET PUIS JE SUIS FATIGUÉ, IL EST TEMPS DE DORMIR !
TU COMPTES RESTER ICI ?
RENTRE CHEZ TOI !
VU QUE JE N'AI PAS PU PRENDRE DE BAIN AVEC TOI...
TU PEUX AU MOINS M'ACCORDER ÇA !
C'EST À MOI D'EN DÉCIDER !

JE NE PENSE PAS...
QUE TU EN SOIS CAPABLE ...
TU N'ES PAS DU GENRE À PROFITER DES MALHEURS D'UNE DEMOISELLE !
COMMENT VEUX-TU QUE JE TE FORCE LA MAIN...
TSS ...
ALORS QUE TU ME VOUES UNE TELLE CONFIANCE ?!
GH...
POF
?!

ARRÊTE CE PETIT JEU...
ET RENDS-MOI MA SERVIETTE !
...
LES DRAPS VONT ÊTRE MOUILLÉS, SINON !
AH...
TU ES TOUJOURS PAREILLE...
TU NE FAIS QUE FUIR LA RÉALITÉ !
DOMMAGE...
CRII
SI JE T'AVAIS RENCONTRÉE TOUT DE SUITE APRÈS TON ARRIVÉE AU ROYAUME DE TRÈFLE...
CRII
J'AURAIS PU PROFITER DE TA DÉTRESSE...
ET TU SERAIS À MOI, MAINTENANT !
...

PLAF
GH...
QU'EST-CE QUE TU FAIS ?
JE VAIS T'AIDER...
TU N'AS QU'À PENSER À PERSONNE D'AUTRE QU'À MOI !
BOBOM
...

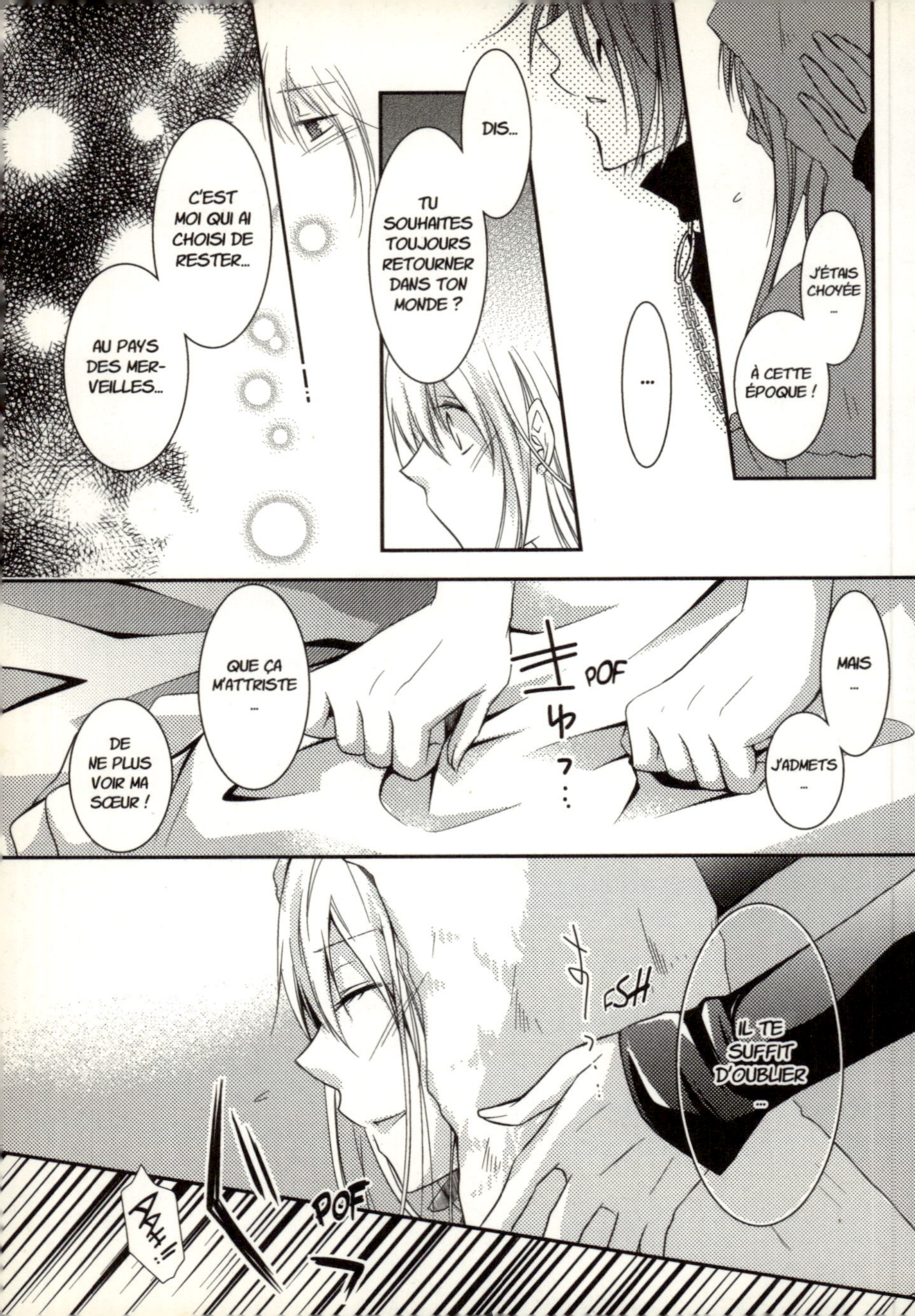
J'ÉTAIS CHOYÉE ...
À CETTE ÉPOQUE !
...
DIS...
TU SOUHAITES TOUJOURS RETOURNER DANS TON MONDE ?
C'EST MOI QUI AI CHOISI DE RESTER...
AU PAYS DES MERVEILLES...
MAIS ...
J'ADMETS ...
POF
QUE ÇA M'ATTRISTE ...
DE NE PLUS VOIR MA SŒUR !
FSH
IL TE SUFFIT D'OUBLIER ...
POF
AAH !!

ぱさっ
FRSH
JE M'EN OCCUPE !
HMM ?
ASSIEDS-TOI !
♪
FRSH
FRSH
ÇA VA ?
...
C'EST UN PEU EMBARRASSANT...
MAIS...
HI HI...
C'EST PLUTÔT AGRÉABLE ...
COMME SENSATION !
?
QU'EST-CE QU'IL Y A ?
AH...
EH BIEN...
MA SŒUR ME FAISAIT LA MÊME CHOSE...
IL FAUT BIEN LES FROTTER SI TU NE VEUX PAS PRENDRE FROID !
QUAND J'ÉTAIS PETITE !

POURQUOI TU N'AS PAS PRIS TON TEMPS ?
AH
JE DONNE VRAIMENT LE BÂTON POUR ME FAIRE BATTRE...
LES GENS DE CE MONDE ONT L'AIR NORMAUX, MAIS...
EUH...
J'AI ÉTÉ SURPRISE DE VOIR QUE DEE ET DUM POUVAIENT SE TRANSFORMER EN ADULTES À VOLONTÉ !
QUOI ?!
C'EST PAS VRAI...
LES BAINS SONT MIXTES, ICI ?!
LA CHANCE !
SI JE COMPRENDS BIEN, TU M'AS TROMPÉ !
DE QUOI TU PARLES ?!
ON NE SORT PAS ENSEMBLE, QUE JE SACHE !
ET PUIS JE N'Y PEUX RIEN...
CE SONT EUX QUI ONT SURGI À L'IMPROVISTE !
JE VEUX ME BAIGNER AVEC TOI !
TOUT DE SUITE !
HORS DE QUESTION !
JE N'Y RETOURNERAI PAS !
QUOI QU'IL EN SOIT, IL NE S'EST RIEN PASSÉ !
SI TU VEUX BIEN T'ÉCARTER, IL FAUT QUE JE ME SÈCHE LES CHEVEUX !
FRSH
AH !

POUR COMMENCER, CE N'EST PAS CONVENABLE DE S'INTRODUIRE COMME ÇA CHEZ LES GENS !!
TU PEUX ENTRER PARTOUT À TA GUISE, MAIS CE N'EST PAS UNE RAISON !
AH BON ?
OH... MAIS IL Y A DES LIEUX QUI ME SONT INACCESSIBLES, TU SAIS !
OUI !
HÉ HÉ...
SI TU REFUSES DE ME VOIR, TA PORTE ME SERA FERMÉE...
?
TU NE SAISIS PAS ?
C'EST UNE ÉNIGME !
DE QUOI TU PARLES ?
ENCORE UNE DEVINETTE...
ENFIN...
LE PLUS IMPORTANT, C'EST QUE TU SENS TRÈS BON !
SNIF
C'EST PARCE QUE JE VIENS DE PRENDRE UN BAIN...
EFFECTIVEMENT, TES CHEVEUX SONT MOUILLÉS !
FRSH
JE SUIS SORTIE EN TROMBE, JE N'AI PAS EU LE TEMPS DE LES SÉCHER...
ARRÊTE, TU VAS ÊTRE TREMPÉ !
HMM...

MON DIEU... QU'EST-CE QUE C'EST QUE CETTE NOUVEAUTÉ ?!
FRSH
OH...
COU-COU...
BON-SOIR, ALICE !
MAIS...
TU PEUX M'EXPLI-QUER CE QUE TU FA-BRIQUES ICI ?!
ON N'EN-TRE PAS CHEZ UNE DEMOISELLE SANS Y ÊTRE INVITÉ !
EN FAIT...
J'AI EU UNE SUPER IDÉE !
JE NE LUI AI RIEN DEMANDÉ !
CHANGER D'ÂGE À VOLONTÉ...
C'EST ABSURDE !
COMME TU NE VEUX PAS QUE JE M'OCCUPE DE TOI, J'ACCEPTE QUE TU DEVIEN-NES MA MAÎ-TRESSE !
POF
?
JE SAVAIS QUE CET EN-DROIT N'AVAIT NI QUEUE NI TÊTE, MAIS QUAND MÊME PAS À CE POINT...
ÇA REVIENT AU MÊME, NON ?
PAS DU TOUT !
LA RELATION DE POUVOIR CHANGE COM-PLÈTEMENT, ÇA N'A RIEN À VOIR !
POF
CESSE DE DIRE DES BÊ-TISES, TU VEUX ?!

DIS-NOUS CE QUE TU PRÉFÈRES ...
ET ON AGIRA EN CONSÉ-QUENCE !
BOBOM
...
OUI...
ON FERA CE QUE TU VEUX ! ♡
ET PLUS ENCORE ! ♡
BOBOM
ALORS ? ♡
BOBOM
BOBOM
SPLASH
J'AI FINI, JE VAIS ME SÉCHER !
TAP TAP
ELLE EST PARTIE...
LA BARBE !
VLAM

TU NOUS PRÉFÈRES ENFANTS ?
FSH
IL SUFFISAIT DE LE DIRE !
...
HEEIIIN ?!!
DEE ET DUM ?!!
?
QU'EST-CE QUI T'ARRIVE, ALICE ?
??
EXPLIQUE !
ALLEZ ...
QU'EST-CE QUI T'ÉTONNE AUTANT ?
DIS ...
TU VEUX BIEN T'AMUSER AVEC NOUS SI ON RESTE COMME ÇA ?
AH...
CE MONDE EST FOU...
AH...
COMMENT CE GENRE DE CHOSE PEUT-IL ARRIVER ?!
OH LÀ LÀ
AH...
ALICE !
TU N'AIMES PAS NOTRE FORME D'ADULTE ?
BOBOM
...

ON N'EN POUVAIT PLUS D'ATTENDRE, ALORS ON EST VENUS !
ÇA NE TE DÉRANGE PAS ?
ON VA BIEN S'AMUSER !
QU...
AH !
QUI ÊTES-VOUS ?
SPLASH
SPLASH
SPLASH
C'EST QUOI, CETTE QUESTION ?
ON VEUT JUSTE JOUER AVEC TOI !
P... PARDON ?!
MAIS JE NE VOUS CONNAIS PAS, MOI !
POF
?!!
SPLASH
NE ME TOUCHEZ PAS !
MALOTRU !
FAF
BLAM
ALICE ...
ALORS TU NOUS DÉTESTES ?
JE NE VOIS PAS COMMENT JE POURRAIS LES AIMER SANS LES CONNAÎTRE !
ATTENDS ...
SI ÇA SE TROUVE...

PLOUF
AH...
JE ME SENS REVIVRE ! ♡
JE PEUX ME BAIGNER TRANQUILLEMENT...
PFIOU...
POURVU QUE ÇA DURE !
IL Y A DES BAINS POUR FEMMES ?
NON, ILS SONT MIXTES.
ESPÉRONS QUE PERSONNE NE VIENNE...
JE VIENS À PEINE D'ARRIVER DANS CE ROYAUME...
MAIS IL S'EN EST PASSÉ, DES CHOSES !
SI SEULEMENT...
LE PARC ÉTAIT ENCORE LÀ !
SPLASH
L'ENDROIT QUE J'AIME LE PLUS...
CELUI QUI COMPTE VRAIMENT POUR MOI...
PLOUF
J'AI DIT À ACE...
TOUT À L'HEURE...
BLOP
BLOP
JE VEUX RETOURNER AU PARC !
J'AI DÛ LE FAIRE RIRE...
J'AI HONTE...
BLOP
BLOP
BLOP
JE ME SUIS COMPORTÉE COMME UNE GAMINE !
MAINTENANT QUE J'Y PENSE, SON COMPORTEMENT ÉTAIT ÉTRANGE...
ENFIN BON...
IL SERA TOUJOURS TEMPS DE FAIRE LE POINT À L'ASSEMBLÉE...
ELLE EST BIEN ICI !

SI TU ACCEPTAIS DE PASSER LA NUIT DANS MON LIT, JE POURRAIS TE DONNER BEAUCOUP D'AUTRES TÂCHES À ACCOMPLIR !
PSST
BLUSH
JE T'ATTENDS...
...
CESSEZ DE DÉBLATÉRER DES SOTTISES ET ALLEZ DONC VOUS OCCUPER DE VOS AFFAIRES !
TU N'AS AUCUN SENS DE L'HUMOUR, MA PAUVRE...
BIEN ...
PUISQUE JE T'AI VUE, JE PEUX ME METTRE AU TRAVAIL !
TU DOIS ÊTRE ÉREINTÉE...
PROFITES-EN POUR TE REPOSER !
IL A RAISON !
N'HÉSITE PAS À PRENDRE UN BAIN POUR TE DÉTENDRE...
ON A TOUT CE QU'IL FAUT !
BONNE IDÉE !
DIS, ALICE ...
TU NE VEUX PAS T'AMUSER AVEC NOUS ?
PAS AUJOURD'HUI, JE SUIS TROP FATIGUÉE ...
UNE PROCHAINE FOIS !
PFF...
VOUS AVEZ DU BOULOT, LES MIOCHES !
FICHE-NOUS LA PAIX, MAUDIT LAPINOU !

OUF...
BORIS N'A PAS L'AIR TROP MAL VU, ICI...
C'EST VRAI QUE CE N'EST PAS UN HABITANT DU PARC, AU DÉPART...
ET PUIS, IL EST AMI AVEC DEE ET DUM...
JE SUIS CONTENTE QU'ILS S'ENTENDENT BIEN !
BORIS EST LÀ !
ON VA POUVOIR S'AMUSER !
AU FAIT...
IL M'A AUSSI TROUVÉ UN EMPLOI DANS UNE AUBERGE DE LA VILLE !
VRAIMENT ?
TU N'AS AUCUN BESOIN DE TRAVAILLER, POURTANT...
SI, SI, C'EST NÉCESSAIRE...
ET PUIS J'AIME BIEN ÇA !
JE VAIS DEVENIR UNE BONNE À RIEN SI JE N'OCCUPE PAS MES JOURNÉES !
TU RESTES FIDÈLE À TOI-MÊME...
CELA DIT, SI TU Y TIENS TANT, ON PEUT TE PROPOSER QUELQUE CHOSE DANS LE MANOIR...
AH BON ?
UN MÉTIER...
EN RAPPORT AVEC LA PÈGRE ?
JE VOIS...
DOMMAGE !
C'EST GENTIL...
MAIS J'AI DÉJÀ DONNÉ MON ACCORD !
DÉSOLÉE !
J'AVAIS POURTANT LE POSTE PARFAIT POUR TOI...
C'EST VRAI ?
OUI...
BOIRE LE THÉ EN MA COMPAGNIE LE SOIR !
C'EST TOUT ? JE N'APPELLE PAS ÇA UN EMPLOI !
JE REFUSE !
FSH

QU'EST-CE QUE VOUS FAITES TOUS ICI ?
JE VAIS ENTAMER LA RONDE DE NUIT AVEC LE PATRON ...
ET LES JUMEAUX, PUISQU'ILS ONT ENCORE TIRÉ AU FLANC !
AH...
TU ES BIEN CHARGÉE, DIS-MOI...
QU'EST-CE QUE TU AS ACHETÉ ?
JE SUIS CURIEUX DE SAVOIR CE QUE CONTIENT CE SAC...
EN FAIT...
BORIS M'A DIT QU'UN GRAND RASSEMBLEMENT ALLAIT AVOIR LIEU...
ET QU'IL VALAIT MIEUX QUE JE PORTE UNE TENUE APPROPRIÉE !
FRSH
AH ! OUPS ...
J'AI MENTIONNÉ... BORIS !
J'ESPÈRE QUE ÇA NE LUI CAUSERA PAS DE TORT...
LE CHAT A DONC ÉTÉ TRANSFÉRÉ AU ROYAUME DE TRÈFLE ?
OUI...
IL T'A DONNÉ UN BON CONSEIL !
ET QUI SAIT, CETTE ENNUYEUSE ASSEMBLÉE SERA PEUT-ÊTRE PLUS INTÉRESSANTE AVEC TOI !
COMMENT ÇA ?
JE NE VOUDRAIS PAS ME FAIRE REMARQUER...

VRAI-MENT ...
JE T'ENVIE, TU SAIS !
J'AIME-RAIS BIEN SOUFFLER UN PEU...
J'AI BEAUCOUP MARCHÉ, JE SUIS ÉPUISÉE !
EN PLUS, IL COMMENCE À SE FAIRE TARD...
TU EN AS MIS DU TEMPS ...
JEUNE DEMOI-SELLE !
BON-SOIR !
LA JOURNÉE S'EST BIEN PASSÉE ?

GRR...
TU DOIS VRAIMENT BEAUCOUP M'AIMER POUR VENIR ME CHERCHER JUSQU'ICI !
OH LÀ...
PAN
TSS...
T'AIMER ?
NE DIS PAS N'IMPORTE QUOI !
PAN
VSH
TOUT MON AMOUR REVIENT À ALICE !
C'EST PARCE QU'ELLE ADORE VOIR MA SILHOUETTE À L'OUVRAGE QUE J'AI FAIT TOUT CE CHEMIN !
TRAVAILLE BIEN...
JE COMPTE SUR TOI !
VISION DE PETER
TOUT À L'HEURE ENCORE, EN VILLE ...
ÇA ME FAIT PENSER QUE JE L'AI APERÇUE DANS LE COIN !
QUOI ?!
OÙ ÇA ?!
OÙ EST-ELLE ?!
ÇA NE TE SERVIRA À RIEN DE LE SAVOIR, ELLE EST PARTIE DEPUIS LONGTEMPS !
FUIT
FUIT
DOM
INTÉRESSANT...
TU NE DOUTES JAMAIS DE RIEN !
...
TU AS DE LA CHANCE, JE TROUVE...
ÉVIDEMMENT ...
ALICE REPRÉSENTE TOUT POUR MOI !

Chapitre 3
FSH
TAP
JE TE TROUVE ENFIN...
TU M'EN AURAS FAIT PERDRE, DU TEMPS !
LA REINE TE DEMANDE SÉANCE TENANTE !
PETER ...

QuinRoseBox

QuinRoseBox
QuinRoseBox

FRSH
FRSH
OH...
JE SUIS À LA TOUR DE TRÈFLE !
FRSH
JE ME DEMANDE COMMENT J'AI AT-TERRI LÀ ...
...
TIENS TIENS...

ÇA ME REND TRISTE...
QUE LA TOUR DE L'HORLOGE AIT DISPARU...
TOUT COMME LE PARC D'ATTRACTIONS...
ET SES HABITANTS !
...
J'Y PENSE ...
IL TE FAUT UNE TENUE APPROPRIÉE POUR L'ASSEMBLÉE !
QUOI ?!
MAIS JE N'AI RIEN DE CET ORDRE !!
ALORS ON VA T'ACHETER UNE ROBE !
LAISSE-MOI FAIRE !
JE VAIS T'EN DÉGOTER UNE SUPER SEXY, TU VAS VOIR !
EUH !!! ...
...

VOILÀ LA TOUR DE TRÈFLE !
ELLE EST IMMENSE !
EN EFFET...
ELLE EST PLUS HAUTE QUE CELLE DU ROYAUME DE CŒUR...
TU VEUX ENTRER ?
PAS AUJOURD'HUI...
J'AVAIS JUSTE ENVIE DE VOIR CE QUI AVAIT REMPLACÉ LA TOUR DE L'HORLOGE !
...
TU PENSES À JULIUS ?
JE TE VOIS VENIR...
N'ESSAIE MÊME PAS DE ME DEMANDER SI JE L'AIME, LUI AUSSI, D'ACCORD ?!
EUH
CE N'ÉTAIT PEUT-ÊTRE PAS L'ENDROIT QUE JE PRÉFÉRAIS, MAIS JE ME SENS NOSTALGIQUE...

TU N'ES PAS FATIGUÉE ?
JE PEUX T'AMENER DIRECTEMENT À TA CHAMBRE, SI TU VEUX !
ÇA IRA, MERCI...
JE DOIS APPRENDRE À ME REPÉRER...
ET J'AIMERAIS VOIR L'ENDROIT OÙ SE DRESSAIT LA TOUR DE L'HORLOGE !
TU Y TROUVERAS LA TOUR DE TRÈFLE ...
MAIS TU DEVRAS T'Y RENDRE POUR LE GRAND RASSEMBLEMENT, DE TOUTE FAÇON !
UN RASSEMBLEMENT ?
TU N'ES PAS AU COURANT ?
LES DIRIGEANTS DE CHAQUE TERRITOIRE EN ORGANISENT RÉGULIÈREMENT...
TU TE SOUVIENS DU BAL DE LA REINE DE CŒUR ?
OUI...
EH BIEN C'EST LA MÊME CHOSE !
MAIS ICI...
ON ORGANISE UNE SORTE D'ASSEMBLÉE !
JE NE SAIS PAS TROP POURQUOI...
ON Y DISCUTERA DE QUOI ?
HMM ...
ÇA DÉPEND, IL N'Y A PAS TOUJOURS DE SUJET PRÉCIS...
C'EST LE FAIT DE RASSEMBLER TOUT LE MONDE QUI EST IMPORTANT !
CE MONDE EST VRAIMENT BIZARRE...
ÇA Y EST...
ON EST ARRIVÉS !

ET C'EST BIEN CE QUI M'EFFRAIE !
JE SUIS DÉSOLÉE...
TU RENTRES...
CHEZ LE CHAPELIER ?
JUSTE...
POUR L'INSTANT...
ALICE !!
TU SAIS...
JE NE VEUX PAS T'ENNUYER, MAIS...
J'AI VRAIMENT ENVIE DE RESTER À TES CÔTÉS !
...
FUIT
ENFIN BON, JE VAIS TE RACCOMPAGNER...
ALORS...
EUH...
SON AIR ABATTU ME CHAGRINE, MAIS...

D'ACCORD ?
BORIS ...
TU SERAS TRISTE, SI JE REFUSE ?
...
MOI, TRISTE ?
JE SUIS UN CHAT, JE TE RAPPELLE !!
POF
LA SOLITUDE NE ME FAIT PAS PEUR !!
JE N'AI AUCUNE RAISON ... D'ÊTRE TRISTE ...
MAIS ...
JE N'AI PAS ENVIE D'ÊTRE SÉPARÉ DE TOI !
IL JOUE SUR LES MOTS, LÀ...
S'IL TE PLAÎT ...
RESTE AVEC MOI !
NON...
JE NE PEUX PAS !
POURQUOI ?!
EH BIEN ...
C'EST QUE...
S'IL ME DEMANDE QUELS SONT MES SENTIMENTS POUR LUI...
JE NE SAIS PAS QUELLE SERA MA RÉPONSE...

TAP
SI ON S'OCCUPAIT TROP D'ELLE, ELLE S'EN ALLAIT...
DING
TAP TAP
DING
C'EST POURTANT ELLE QUI EST VENUE ME VOIR !
ELLE NE TENAIT PAS À CE QUE JE LA SERRE DANS MES BRAS...
BORIS AUSSI EST UN FÉLIN !
POF
C'EST UNE DOULEUR DIFFICILE À SURMONTER...
SI ON DEVIENT TROP PROCHES, IL VA...
QUELQU'UN QUI M'EST PRÉCIEUX RISQUE ENCORE DE M'ABANDONNER !
JE REFUSE DE REVIVRE ÇA !
ALICE...
VIENS VIVRE CHEZ MOI !
JE VOUDRAIS NE PLUS JAMAIS TE QUITTER !

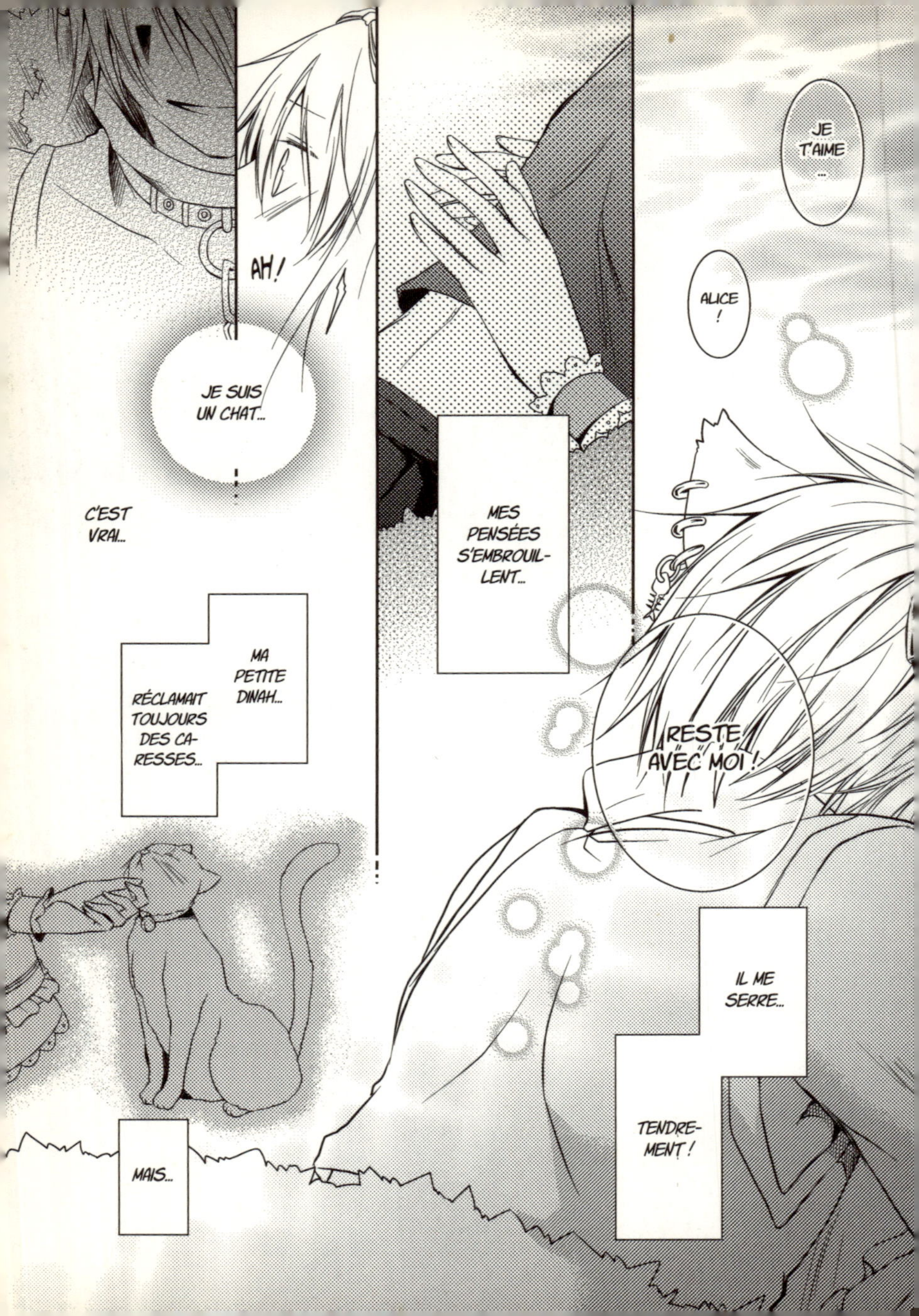
JE T'AIME ...
ALICE !
MES PENSÉES S'EMBROUILLENT...
AH !
JE SUIS UN CHAT...
C'EST VRAI...
MA PETITE DINAH...
RÉCLAMAIT TOUJOURS DES CARESSES...
MAIS...
RESTE AVEC MOI !
IL ME SERRE...
TENDREMENT !

S'IL TE PLAIT...
ARRÊTE...
POURQUOI ?
TU ME DÉTESTES ?
NON, MAIS...
MOI...
JE T'AIME !
C'EST POUR ÇA QUE JE VEUX TE GARDER À MES CÔTÉS !
QU...
QU'EST-CE QUI TE PREND, TOUT À COUP ?
TU N'AS JAMAIS...
C'EST VRAI...
JE CROIS...
QUE J'AVAIS PEUR...
DE TE PERDRE !

ARRÊTE DE FAIRE L'IDIOT...
JE NE PLAISANTE PAS !
SI JE TE LÂCHE, TU VAS RETOUR-NER CHEZ LE CHAPELIER, NON ?
QU'EST-CE QUE ... TU RA-CONTES ?
EH BIEN...
C'EST LÀ-BAS QUE JE LOGE, POUR L'INSTANT...
ET...
TU AS DÉCIDÉ D'Y RESTER DÉFINITIVE-MENT ?
EN EFFET ...
...
NON...
JE COMPTE PARTIR DÈS QUE CE SERA POSSI-BLE...
TANT MIEUX ...
TU NE POURRAIS PAS SIM-PLEMENT RESTER AVEC MOI ?
LICK
HMM...!!
JE SENS MES FORCES ...
M'ABAN-DONNER ...

JE ME SUIS FAIT MAL !
ÇA VA ?
ÉVITE DE BOUGER TROP BRUSQUEMENT, ÇA RESTE ÉTROIT !
ALORS ?
JE SUIS COINCÉE ...
D'ACCORD, MAIS SUR LA JOUE !
PAS SUR LA BOUCHE ?!
AÏE !
CRAC
TOURNE LA TÊTE !
SMACK
TU ES SATISFAIT, MAINTENANT ?
FRSH
OUI...
...
MERCI !
BORIS...
S'IL TE PLAÎT...
LAISSE-MOI...
PAS QUESTION !

UN REPÈRE SECRET...
J'AURAIS TANT VOULU EN AVOIR UN, QUAND J'ÉTAIS PETITE...
MAIS LES GARÇONS NE LAISSAIENT JAMAIS AUCUNE FILLE LES ACCOMPAGNER !
BOBOM
BOBOM
IL N'Y A PRESQUE PAS D'HUMIDITÉ !
ÇA PEUT ÊTRE AMUSANT !
TU AS VU, C'EST AGRÉABLE !
ALORS...
C'EST ICI QUE TU HABITES ?
MAIS NON !
IL Y A MÊME DES CHAMPIGNONS...
C'EST FASCINANT !
DIS ...
C'EST L'ENDROIT IDÉAL, NON ?
PARDON ?
DE QUOI TU PARLES ?
POUR ...
MON BAISER !
FSH
?!
QU...
BAM
AÏE ...

WAOUH…
CET ARBRE EST IMMENSE !
REGARDE PAR LÀ !
DOM
QU'EST-CE QUE C'EST ?
UNE GROTTE ?!
C'EST UNE CAVITÉ NATURELLE !
C'EST FOU, NON ?
INCROYABLE…
DIRE QUE L'ARBRE EST TOUJOURS VIVANT MALGRÉ CET ÉNORME TROU…
ALLEZ, VIENS !
ON PEUT ENTRER DEDANS !
J'ARRIVE !
JE ME SENS BIZARRE…
ATTENTION !
BOBOM
BOBOM
MERCI !
OUAH…
IL Y A ASSEZ DE PLACE POUR TENIR DEBOUT !
BOBOM

AAAAH ! AU SECOURS !
TAP TAP TAP TAP
AH...
LE FAMEUX MONSTRE DONT IL PARLAIT ÉTAIT DONC BORIS...
ON NE PEUT PAS SOUFFLER DEUX MINUTES, DÉCIDÉMENT !
GRR...
EH BIEN...
TU AS UN VÉRITABLE DON POUR TE FOURRER DANS LE PÉTRIN !
LA FAUTE À QUI ?!
QUELLE IDÉE DE PARTIR SANS PRÉVENIR, AUSSI !!
JE T'AVAIS DEMANDÉ DE M'ATTENDRE... SANS BOUGER !
TU N'AS RIEN DIT DU TOUT, OUI !
ON PEUT SAVOIR OÙ TU ÉTAIS PASSÉ ?!
SUIS-MOI...
JE VAIS TE MONTRER !
POF
QUOI ?

ET DU COUP ...
J'AI AUSSI CELUI DE T'EMBRASSER !
J'AI UN PEU DE MAL À SUIVRE, LÀ !!
PARDON ?
HMMMM !
GH...
NOOOOOON !
QUI APPARTIENT À QUI ?
ALORS ?
TU PEUX RÉPÉTER ?
BORIS !
AH !
LE...
LE CHAT !!
FRSHHH
すざざ
ざっ
?

ATTENDS-MOI !!
TSS... JE L'AI PERDU !
HAN
HAN
GRR...
À QUOI IL JOUE, BON SANG ?!
TIENS ?
TU ES LA FILLE ÉGARÉE DE L'AUTRE JOUR ?
MA PAUVRE...
PERSONNE NE T'A RECUEILLIE ?
!
TU ES...
TAP
AAAAH !!
HEIN ?!
POF
NE T'INQUIÈTE PAS, JE VAIS PRENDRE SOIN DE TOI !!
MAIS... LÂCHE-MOI !!
QU'EST-CE QUE C'EST QUE CES MANIÈRES ?!
POURQUOI ?
TU M'APPARTIENS, PUISQUE JE T'AI TROUVÉE !
J'AI DONC LE DROIT DE TE TOUCHER !

DONNE-MOI UNE PREUVE, ALORS !
ET PUIS L'ENDROIT EST MAL CHOISI ...
COMMENT ÇA ?
POURQUOI TU INSISTES ?
QUELQU'UN POURRAIT VENIR...
AU PIRE, JE TUERAI TOUS CEUX QUI NOUS ONT VUS !
C'EST HORS DE QUESTION !
TU VEUX QU'ON SE RENDE DANS UN ENDROIT PLUS INTIME ?
NON ...
LE PROBLÈME N'EST PAS LÀ !
D'ACCORD !
EH !
OÙ TU VAS ?!

UN BAISER ...
SUFFIRA !
POF
TU RECOMMENCES ...
SOIS UN PEU SÉRIEUX !
QU'EST-CE QUE TU ENTENDS PAR LÀ ?
DEMANDE-MOI DE TE PAYER UN REPAS, PAR EXEMPLE...
JE PRÉFÈRE UN BAISER !
...
ARRÊTE DE PLAISANTER !
MAIS JE SUIS...
PARFAITEMENT SÉRIEUX !
JE SUIS SÛRE QUE TU TE MOQUES DE MOI !
ALLEZ, JUSTE UN BAISER...
MÊME SUR LA JOUE !
NE ME DIS PAS QUE TU ES ÉPRISE DU CHAPELIER !
ENCORE ?!
JE T'AI DÉJÀ EXPLIQUÉ...
TU NE L'AIMES PAS, ALORS ?
NON ...
ENFIN, PAS AU SENS OÙ TU L'ENTENDS...

LA PROCHAINE FOIS, JE TE REMERCIERAI DANS LES FORMES !
NE T'INQUIÈTE PAS POUR ÇA...
ÇA ME FAIT PLAISIR !
MAIS ...
ÇA ME FAIT PLAISIR, JE TE DIS !
ET COMME LES ENVIRONS SONT ENCORE INSTABLES, JE PRÉFÈRE NE PAS TE LAISSER SEULE !
BLOOD M'A DIT À PEU PRÈS LA MÊME CHOSE À CE PROPOS...
QU'IL FALLAIT QUE JE ME MÉFIE...
C'EST VRAI QUE LES ROUTES ONT CHANGÉ...
IL VA FALLOIR QUE JE M'ADAPTE !
LE CHAPELIER...
HEIN ...
TU SAIS ...
SI TU TIENS TANT QUE ÇA À ME REMERCIER...
FSH

DE QUOI ?
?!
AH !
DE T'AVOIR DÉNICHÉ UN TRAVAIL ?
OUI, POUR ÇA AUSSI...
MAIS SURTOUT...
DE M'AVOIR CHERCHÉE...
TOUT DE SUITE APRÈS LE DÉMÉNAGEMENT !
ÇA M'A VRAIMENT...
FAIT PLAISIR !
AVEC LA DISPARITION DU PARC...
J'ÉTAIS COMPLÈTEMENT EFFONDRÉE...
ET GRÂCE À TOI, JE ME SENS UN PEU MIEUX !
UN PEU SEULEMENT ?
JE NE SAIS PAS COMMENT JE DOIS LE PRENDRE...
HÉ HÉ...
TU M'AS TROUVÉ UN EMPLOI...
ET TU ME FAIS VISITER LES LIEUX...
TON AIDE M'EST VRAIMENT PRÉCIEUSE !

TU AVAIS RAISON ...
IL Y A DES ENDROITS SANS PORTES !
JE N'AVAIS PAS FAIT ATTENTION ...
HA HA...
HEUREUSEMENT QUE TOUTE LA FORÊT N'EN EST PAS REMPLIE, TU IMAGINES ?
POURQUOI TU AS QUITTÉ LES BOIS SI VITE, LA DERNIÈRE FOIS, D'AILLEURS ?
C'EST COMPLIQUÉ...
ET PUIS JE NE SAVAIS PAS QUE TU T'Y TROUVAIS !
...
TAP
?
AU FAIT ...
BORIS ...
JE VOULAIS ...
TE REMERCIER !

À TOUS LES COUPS...
ÇA AURAIT ÉTÉ PRÈS DE MOI !
POURQUOI ON EN REVIENT TOUJOURS LÀ ?
INUTILE D'ÊTRE AUSSI SÈCHE !
ÇA ME DONNE UNE IDÉE...
SI ON ALLAIT DANS LA FORÊT ?
IL Y A UN ENDROIT QUE JE TIENS ABSOLUMENT À TE MONTRER !
QUOI ?
MAIS...
LES PORTES...
ÇA IRA...
LES BOIS SONT IMMENSES, TU SAIS !
LÀ OÙ JE T'EMMÈNE, IL N'Y A PAS DE DANGER !
BON, D'ACCORD...

ET LES PORTES PARLENT, EN PLUS !
JE COMMENÇAIS À M'HABITUER AUX BIZARRERIES DE WONDERLAND, MAIS CE GENRE DE CHOSE, ÇA SURPREND QUAND MÊME ...
ELLES NE S'ADRESSENT...
QU'À CEUX QUI SONT PERDUS !
AH BON ?
QU'EST-CE QUE C'EST QUE CETTE HISTOIRE ?
COMME ÇA NE M'ARRIVE JAMAIS, JE NE LES ENTENDS PAS...
ET SI J'EN OUVRE UNE, ELLE ME MÈNE LÀ OÙ JE VEUX ALLER !
C'EST-À-DIRE ?
EN FAIT...
ELLES SONT PLUTÔT PRATIQUES...
ELLES S'OUVRENT SUR L'ENDROIT OÙ ON DÉSIRE LE PLUS SE RENDRE !
L'ENDROIT OÙ ON DÉSIRE LE PLUS SE RENDRE...
JE ME DEMANDE ...
OÙ ELLES T'AURAIENT EMMENÉE...

TU CONNAIS DU MONDE, DIS DONC !
JE NE M'Y ATTENDAIS PAS...
OH, TU SAIS...
C'EST QUELQU'UN SUR QUI ON PEUT COMPTER, FINALEMENT !
JE SUIS UN CHAT, ALORS...
JE ME BALADE PARTOUT !
VU COMME ÇA...
ÉVIDEMMENT...
SINON...
TU COMPTES FAIRE QUOI, APRÈS ?
S'IL Y A UN ENDROIT QUE TU SOUHAITES VOIR, JE T'Y EMMÈNE !
HMM...
JE N'AI RIEN DE PRÉVU, EN FAIT...
TANT QUE J'Y PENSE, TU HABITES OÙ ?
DANS LA FORÊT, BIEN SÛR !
DANS LA FORÊT ?!
OUI...
QU'EST-CE QUI T'ÉTONNE ?
CES BOIS ME DONNENT LA CHAIR DE POULE...
IL Y A DES FLÈCHES ET DES PORTES DANS TOUS LES COINS...
C'EST LUGUBRE...
NON ?

LE PRO-PRIÉTAIRE EST LÀ ?
OUI...
UN INSTANT, JE VOUS PRIE !
FUIT
C'EST LE RES-TAURANT D'UNE AU-BERGE...
IL LE CONNAÎT ...
ILS ONT L'AIR DE BIEN S'ENTENDRE...
BLA
BLA
ALICE !
VIENS VOIR !
LE PA-TRON EST D'ACCORD POUR QUE TU TRA-VAILLES ICI !
HEIN ?
C'EST VRAI ?
C'EST AUSSI SIMPLE QUE ÇA ?
JE VOUS EN PRIE... JE CHERCHAIS JUSTEMENT QUELQU'UN !
JE VOUS REMERCIE !
FUIT
INCROYABLE...

EH BIEN ...
C'EST VRAI...
IL FALLAIT QUE JE LE REMERCIE...
MAIS LE TIMING ME PARAÎT...
UN PEU MAL CHOISI !
JE VOULAIS ME TROUVER UN EMPLOI !
MAIS POURQUOI ?!
TU N'AS AUCUN BESOIN DE TRAVAILLER, VOYONS !
SI TU T'ENNUIES, TU N'AS QU'À T'AMUSER AVEC MOI !
IMPOSSIBLE !
JE NE COMPRENDS PAS...
TU N'AS PAS BESOIN D'AVOIR UNE FONCTION, POUR EXISTER !
TU TE TROMPES ...
JE TIENS À ME SENTIR UTILE !
...
TU ES SÛRE ?
CERTAINE !
N'IMPORTE QUEL TRAVAIL TE CONVIENT ?
EUH ... OUI !
DING
BONJOUR !

RASSURE-TOI, MA DOUCE !
JE VAIS ENVOYER CE SALE MATOU EN ENFER...
PETER !
GROO
SI TU N'ARRÊTES PAS TOUT DE SUITE, TOUT EST FINI ENTRE NOUS !
(MÊME S'IL N'Y A JAMAIS RIEN EU, MAIS BON...)
?!!
PAREIL POUR TOI, BORIS !
QUOI ? MOI AUSSI ?
MAIS... ALICE...
JE...
JE M'INQUIÉTAIS POUR TOI...
RETIRE-TOI ET VA RETROUVER ACE !
MAIS ...
JE VAIS VRAIMENT FINIR PAR TE DÉTESTER !
POUIC
BIEN FAIT POUR LUI !
OUILLE ...
TU NE VAUX PAS MIEUX !
PAF
TAP
TAP
À PART ÇA...
QU'EST-CE QUI T'AMÈNE EN VILLE ?
AÏE...

DE TOUTE FAÇON ...
C'EST POUR MOI QU'ALICE EST VENUE AU ROYAUME DE TRÈFLE !
NE T'Y TROMPE PAS...
UNE MINUTE ...
TCHAC
VOUS DEUX !
UNE FEMME DE SA CLASSE NE PEUT PAS ÊTRE SÉDUITE PAR UN CHAT ERRANT !
TCHAC
GRR...
イラッ
DISCUTER NE NOUS MÈNERA NULLE PART, ON DIRAIT...
CLIC
EFFECTIVEMENT ...
JE NE VOIS QU'UN SEUL MOYEN DE RÉGLER CETTE QUERELLE !
PAN
PAN
PAN
ILS SE BATTENT EN PLEINE RUE ?!
ARRÊTEZ !!

TU AS OUBLIÉ...
LA CHALEUR DE NOS DEUX CORPS ENLACÉS ?
FSH
QUOI ?!
CESSE DE RACONTER DES SORNETTES !
C'EST VRAI, CETTE HISTOIRE ?
FUIT
AAAAH !
MAIS D'OÙ TU SORS ?!
BIEN SÛR QUE NON !!
TU VOIS, LAPIN BLANC ?
IL DIVAGUE COMPLÈTEMENT !
CESSE DONC DE TE BERCER D'ILLUSIONS !
TAC
ÇA N'A RIEN...
D'UNE ILLUSION !
C'EST JUSTE CE QUE JE SOUHAITE DU FOND DU CŒUR !
CE TYPE EST IRRÉCUPÉRABLE !

TU COMPTES PLUS À MES YEUX, VOYONS !
HUMPF
MERCI DE T'ÊTRE INQUIÉTÉ POUR MOI !
MAIS JE VAIS PARFAITEMENT BIEN, TU PEUX RENTRER !
(VOIX MONOCORDE)
TU SAIS QUOI ?!
UNE IDÉE BRILLANTISSIME VIENT DE GERMER DANS MON ESPRIT !
OUI ?
MAINTENANT QUE NOUS VOICI À TRÈFLE, ET SI TU VENAIS T'INSTALLER AU PALAIS ?
JE NE VOIS PAS LE RAPPORT !!
POF
ON POURRAIT HABITER ENSEMBLE !!
PARDON ?!
JE VAIS T'ACCOMPAGNER À NOTRE PETIT NID D'AMOUR !
FUIT
QU'EST-CE QUE TU ME CHANTES ?!
POURQUOI EST-CE QUE JE DEVRAIS ALLER VIVRE AVEC TOI ?!
ALICE ...

ET DE LOUER UNE CHAMBRE QUELQUE PART...
ALICE ?!
MA TENDRE ALICE !!
GH...
PETER ?!
TADAAAAM
PAF
HOP !
JE T'AI ENFIN RETROUVÉE !!!
CE FICHU LAPIN BLANC ME SUIT À LA TRACE... QUELLE PLAIE...
J'ÉTAIS MORT D'INQUIÉTUDE !
J'AVAIS PEUR QU'IL TE SOIT ARRIVÉ MALHEUR, AVEC LA DISPARITION DU PARC !
TU M'EN DIRAS TANT...
POUR MA PART, JE N'AVAIS PAS SPÉCIALEMENT ENVIE DE TE CROISER !
POURQUOI ES-TU TOUJOURS AUSSI MÉCHANTE ? ♡
JE PARIE QUE TU AS ENCORE LAISSÉ TON TRAVAIL DE CÔTÉ, JE ME TROMPE ?
TU FERAIS MIEUX DE RETOURNER IMMÉDIATEMENT AU CHÂTEAU !
VIVALDI DOIT ÊTRE EN TRAIN DE BOUILLIR...
PFF...
AH !
C'EST VRAI QUE LA REINE M'A DEMANDÉ DE LUI AMENER ACE...
EH BIEN VAS-Y ALORS, JE NE TE RETIENS PAS !

JE DOIS AVANT TOUT DÉCIDER DE CE QUE JE VAIS FAIRE !
À TOUT À L'HEURE !
SOIS PRUDENTE ...
L'ENVIRON-NEMENT EST TOUJOURS UN PEU INSTABLE APRÈS UN DÉMÉNAGE-MENT !
C'EST VRAI QUE LA ROUTE QUI MÈNE AU MANOIR A CHANGÉ...
AH BON ?
TRÈS BIEN, C'EST NOTÉ !
JE FERAI ATTEN-TION !
QUE FAIRE ?
JE NE PEUX QUAND MÊME PAS VIVRE ÉTER-NELLEMENT AUX CROCHETS DE BLOOD !
L'IDÉAL SERAIT DE TROUVER UN EMPLOI ...

10/6
TU SORS...
JEUNE DEMOISELLE ?
OUI...
J'AIMERAIS VISITER LA VILLE !
TU N'Y TROUVERAS RIEN DE NEUF !
OH, MAIS...
ON DIRAIT QUE TU AS REPRIS DES COULEURS !
IL S'EST PASSÉ QUELQUE CHOSE ?
!
NON, RIEN DE SPÉCIAL...
C'EST JUSTE QUE... JE NE VAIS PAS PASSER MON TEMPS À ME MORFONDRE !
LE PARC D'ATTRACTIONS NE TE MANQUE PLUS ?
BIEN SÛR QUE SI...
MAIS Y PENSER TOUT LE TEMPS NE LE RAMÈNERA PAS !

MAIS AU FAIT...
J'Y PENSE... JE N'AI MÊME PAS REMERCIÉ BORIS DE S'ÊTRE LANCÉ À MA RECHERCHE, AVEC TOUT ÇA !
TANT PIS, JE LE FERAI LA PROCHAINE FOIS !
HMM...
JE NE SAIS MÊME PAS OÙ IL HABITE !
JE L'AI CHASSÉ SANS LE LUI DEMANDER...
ET VU QUE LE PARC A DISPARU...
DANS LA FORÊT, PEUT-ÊTRE ?
IL NE COUCHE PAS DEHORS, QUAND MÊME ?
OU ALORS IL S'EST INSTALLÉ EN VILLE ?
...
JE CROIS QUE JE VAIS SORTIR PRENDRE UN PEU L'AIR...
OUI, ÇA ME FERA DU BIEN !
CE SERA L'OCCASION DE VOIR SI LA VILLE A CHANGÉ AVEC LE DÉMÉNAGEMENT...
ET ÇA ME PERMETTRA DE RÉFLÉCHIR À L'AVENIR... JE PRÉFÉRERAIS NE PAS TROP ABUSER DE L'HOSPITALITÉ DU CHAPELIER !

JE CONNAIS ...
CE SENTIMENT !
NON ...
JE M'ÉTAIS JURÉ DE NE PLUS JAMAIS TOMBER AMOUREUSE !
JUSQU'À MAINTENANT...
SI TU SAVAIS COMBIEN JE T'AI CHERCHÉE...
JE N'AVAIS PAS VRAIMENT RÉFLÉCHI ...
À CE QUI COMPTAIT LE PLUS POUR MOI !
...
IL FAUT QUE J'ARRÊTE DE ME TRITURER LES MÉNINGES ...
ÇA NE ME RESSEMBLE PAS !
ぱん PAF
ぱんっ PAF
C'EST JUSTE QUE JE ME SENS SEULE, ET JE ME FAIS DES IDÉES, VOILÀ TOUT...

CRII
CLAC
...
TOUT EST REVENU À LA NORMALE...
JE N'AURAIS PAS DÛ LE CHASSER COMME ÇA...
ET SI JAMAIS JE N'AVAIS PLUS L'OCCASION DE LE VOIR ?
SI J'AI ÉTÉ PROJETÉE HORS DU PARC...
ÇA SIGNIFIE PEUT-ÊTRE...
QU'IL N'ÉTAIT PAS...
SI IMPORTANT QUE ÇA POUR MOI !
DANS CE CAS...
LA RAISON POUR LAQUELLE JE SUIS ICI, CE SERAIT...
...!
BORIS ?
BOBOM
RIEN QUE DE PRONONCER SON NOM...
MON CŒUR BAT LA CHAMADE !

DE TOUTE FAÇON, QUOI QUE TU FASSES, TOUT LE MONDE ICI T'APPRÉCIERA TOUJOURS !
...
CLAC

À MON TOUR, MAINTENANT ! ♡
LICK
MAIS...
ARRÊTE, VOYONS !
LICK
LICK
ALLEZ !
LICK
ÇA SUFFIT !
TU ME CHATOUILLES !
LICK
LICK
LICK
ON DIRAIT VRAIMENT UN ANIMAL !
LICK
BON...
STOP !
JE ME SUIS ENCORE LAISSÉ AVOIR...
PAF
AÏE !
ÇA NE SE FAIT PAS, DES CHOSES PAREILLES !
TU COMPRENDS ?
IL A PEUT-ÊTRE DES OREILLES DE CHAT, MAIS C'EST SURTOUT UN HOMME !
CE N'EST PAS GRAVE...
TANT QUE ÇA RESTE AGRÉABLE !
IL FAUT SAVOIR POSER DES LIMITES !
POURQUOI FAIRE ?
TU N'ES PAS OBLIGÉE D'ÊTRE UNE FILLE SAGE, À WONDERLAND !

ぱ
FSH
SI TU PASSES TON TEMPS À BROYEZ DU NOIR, L NE POURRA RIEN T'ARRI-VER DE BIEN !
AH !
POF
AMUSE-TOI DAVANTAGE...
ET DÉTENDS-TOI UN PEU !
POF
CELA DIT, TU ES PLUTÔT MIGNONNE, QUAND TU T'INQUIÈTES !
FSH
FRSH
HALTE-LÀ, CANAILLE !
GH...
FRSH
OH...
SES CHEVEUX...
SONT TOUT DOUX !
ILS ME RAPPELLENT LE PELAGE DE DINAH...
FRSH
なで
FRSH
HMM
C'EST AGRÉABLE !
OUPS... JE LUI AI CARESSÉ LA TÊTE PAR RÉFLEXE !
FSH
ぱっ
HMM ?
C'EST DÉJÀ FINI ?

LE LAPIN BLANC M'A AMENÉE À WONDERLAND...
ET À PEINE ARRIVÉE AU ROYAUME DE CŒUR...
Chapitre 2
QUAND ON MEURT, ON EST REMPLACÉ !
JE NE POURRAI JAMAIS M'Y HABITUER...
TOUT SEMBLE IRRÉEL, DANS CE MONDE !
D'AILLEURS, CE RÊVE SE PROLONGE DEPUIS UN MOMENT DÉJÀ...
J'ESPÈRE QUE MA SŒUR NE S'INQUIÈTE PAS TROP !
TAP
J'AI DÉCOUVERT UNE CULTURE...
QU'ON LEUR COUPE LA TÊTE !
ET UN SENS DES VALEURS DIFFÉRENTS !
ALORS ?
ON N'A PAS LE MORAL ?
BORIS !

QuinRoseBox

QuinRoseBox

...
SI C'EST LE CAS...
POUR QUELLE RAISON SUIS-JE RESTÉE DANS CE MONDE ?

SI BORIS EST LÀ, JE POURRAI SANS DOUTE REVOIR LES AUTRES AUSSI...
FUIT
CEUX POUR QUI J'AI DÉCIDÉ DE RESTER À WONDERLAND !
TAP
TU EN ES BIEN SÛRE ?
ÇA NE TE FAIT NI CHAUD NI FROID...
JE ME SERAIS...
MENTI À MOI-MÊME ?

DANS CE CAS, AU LIEU DE DISCUTER...
FSH
ON DEVRAIT PASSER AUX CHOSES SÉRIEUSES !
...
TU M'ÉNER-VES !!
DEHORS !!
(IL A FINI PAR DÉTEINDRE SUR ELLE)
JULIUS, LE RETOUR
PAF
AAAAH !!
VLAM
ALI...
DÉCIDÉ-MENT...
JE SUIS VRAIMENT TROP BÊTE !
PFF...
TING
はっ

LUI ALORS... IL A VRAIMENT LE DON... DE M'AGACER !
ARRÊTE DE PLEURER... JE ME SUIS EXCUSÉ, C'EST BON !
SMACK
SI TU ES MALHEUREUSE, JE RESTERAI À TES CÔTÉS, NE T'INQUIÈTE PAS !
!
MINUTE, PAPILLON !
JE CROYAIS QUE TU NE DEVAIS PAS ME TOUCHER !
POUF
KOF KOF
JE T'AI JUSTE FAIT LA BISE... IL N'Y A PAS DE QUOI FOUETTER UN CHAT !
QUAND C'EST TOI LE CHAT, SI !!
HÉ HÉ...
OH...
TU EN PINCERAIS UN PEU POUR MOI...
!!!
ALORS ?
TU RACONTES ENCORE DES BÊTISES !
HÉ HÉ...
INUTILE DE LE NIER !
HÉ HÉ...

TU CROIS ... QUE CETTE SITUATION ME CONVIENT ?!
TU TE FOURVOIES COMPLÈTEMENT !!
JE TE SIGNALE QUE PERSONNE N'A PRIS LA PEINE DE ME PRÉVENIR !
JE ME SUIS ENDORMIE, ET À MON RÉVEIL, LE PARC AVAIT DISPARU...
JE ME SUIS RETROUVÉE TOUTE SEULE DANS LA FORÊT !!
FSH
JE PENSAIS NE PLUS JAMAIS VOUS REVOIR...
NI GOROUND, NI LES EMPLOYÉS DU PARC...
NI TOI !
TU TE RENDS COMPTE À QUEL POINT C'ÉTAIT DUR ?
D... DÉSOLÉ !
JE NE PENSAIS PAS QUE CETTE HISTOIRE DE DÉMÉNAGEMENT T'AFFECTERAIT AUTANT...
GRR...

BREF ...
JE N'AIME PAS TE SAVOIR CHEZ LE CHAPELIER, MAIS...
COMME JULIUS ET GOROUND NE SONT PLUS LÀ...
ÇA FAIT TOUJOURS DEUX RIVAUX DE MOINS... J'AI DONC DE LA CHANCE, FINALEMENT !
IL FAUT VOIR LE BON CÔTÉ DES CHOSES !
...
NE FAIS PAS CETTE TÊTE...
JE NE VAIS RIEN TE FAIRE !
FSH
POUR LE MOMENT, DU MOINS ! ♥
...
HA HA HA !
ÇA VA BIEN CINQ MINUTES, MAIS...
TU VAS ME LAISSER PARLER, OUI ?! OU TU COMPTES CONTINUER TON PETIT MONOLOGUE ÉTERNELLEMENT ?!
AAAH !
MIAOU ?!

ÇA NE TE FAIT NI CHAUD NI FROID...
QUE JE SOIS LÀ OU PAS !
JE NE VEUX PAS ÊTRE LOIN DE TOI !
NON, QU'EST-CE QU...
MOI, ÇA ME FAIT DE LA PEINE...
SI TU SAVAIS COMBIEN JE T'AI CHERCHÉE...
SANS SAVOIR PAR OÙ COMMENCER !
J'AVAIS PEUR...
DE NE PLUS JAMAIS TE REVOIR...
ET REGARDE OÙ JE TE TROUVE !
...

JE SAIS !
C'EST PARCE QUE J'ÉTAIS LOIN DE TOI, PAS VRAI ?
NE SOIS PAS TIMIDE...
C'ÉTAIT À CAUSE DE LA DISPARITION DES GENS DU PARC !!
CESSE DE TOUT RAMENER À TOI !
GRR...
HMM ...
JE COMPTE POUR DU BEURRE, ALORS ?
FRSH
!
POF
PLAF
TU EN PINCES POUR LE VIEUX GOROUND, HEIN ?
C'EST ÇA QUI TE REND TRISTE ?
QU'EST-CE QUI TE PREND, TOUT À COUP ?!
JE N'AI JAMAIS DIT ÇA, ET JE NE PARLAIS MÊME PAS SPÉCIALEMENT DE LUI, EN PLUS !
JE L'AIME BIEN, MAIS COMME AMI...
ALORS TU ES AMOUREUSE DU CHAPELIER ?
J'AURAIS DÛ M'EN DOUTER...
À PEINE LE DÉMÉNAGEMENT TERMINÉ, TU PASSES DU BON TEMPS CHEZ LUI !
...

FSH
J'ÉTAIS INQUIET, TU SAIS !
QUAND JE T'AI ENFIN RETROUVÉE ...
TU AVAIS LES LARMES AUX YEUX !
!
TU FAISAIS UN MAUVAIS RÊVE ?
PAS SPÉCIALE-MENT, NON ...
J'ÉTAIS TRISTE...
AH BON ?
EUH ...

JE NE SUIS PAS...
UN FÉLIN ORDINAIRE, FIGURE-TOI !
HÉ HÉ !!
JE PEUX MANIPULER L'ESPACE ET ME RENDRE D'UN ENDROIT À UN AUTRE À MA GUISE...
COMME ÇA !
CLAC
TU VOIS ?
CLAC
PRATIQUE, NON ?
DÉCIDÉMENT, TOUT EST POSSIBLE, ICI...
CE MONDE N'A NI QUEUE NI TÊTE...
NE TE MÉPRENDS PAS : JE SUIS LE SEUL À POUVOIR ME DÉPLACER AINSI !
C'EST INCROYABLE, PAS VRAI ?
FSH
TU VEUX BIEN M'ADOPTER, MAINTENANT ?
RÉPONSE INSTANTANÉE
PAS QUESTION !
JE TE SERAI UTILE, PROMIS !
TU ES MÉCHANTE, ALICE !
QUELLE FROIDEUR !
IL NE CHANGERA JAMAIS...
ENFIN UN SOURIRE !

TADAM !
HEIIN ?!
IMPRES-SIONNANT, NON ?
CLAC
QU'EST-CE QUI S'EST PASSÉ, AU JUSTE ?
PFF...
DÉSOLÉE, MAIS...
JE N'ARRIVE PAS À TE SUIVRE ...
HÉ HÉ...
JE T'AI MONTRÉ LE POUVOIR DU CHAT DU CHESHIRE !

EN FAIT ...
J'AI ÉTÉ PROJETÉ !
TOI AUSSI ?
EN CE QUI ME CONCERNE, ÇA N'A RIEN D'INHABITUEL...
MAIS CETTE FOIS, C'EST PARCE QUE JE SOUHAITAIS PLUS QUE TOUT RESTER À TES CÔTÉS ...
J'EN SUIS SÛR !
ÇA N'EXPLIQUE PAS COMMENT TU AS RÉUSSI À ENTRER ICI !
ON EST CHEZ LE CHAPELIER, TOUT DE MÊME...
TU N'AS PAS PEUR QUE SES HOMMES TE TROUVENT ?
HA HA...
J'IMAGINE QU'ILS NE SERAIENT PAS RAVIS DE ME SAVOIR ICI...
À PART MES AMIS LES JUMEAUX, ÉVIDEMMENT...
MAIS NE T'INQUIÈTE PAS, JE N'AI PAS EU BESOIN D'ERRER DANS TOUT LE MANOIR POUR M'INTRODUIRE DANS TA CHAMBRE !
MÊME SI ÇA AURAIT ÉTÉ AMUSANT...
AH BON ?
TU ES ENTRÉ COMMENT, ALORS ?
BON ...
JE CROIS QU'UNE PETITE DÉMONSTRATION S'IMPOSE !
TAP TAP
?
REGARDE ...
TU VOIS CETTE PORTE ?
ELLE EST ...
TOUT CE QU'IL Y A DE PLUS ORDINAIRE, PAS VRAI ?
...
ET ?
ELLE DONNE SUR QUOI, D'APRÈS TOI ?
SUR UN COULOIR, ÉVIDEMMENT !
MAUVAISE RÉPONSE !
HÉ HÉ HÉ...
CLAC

BORIS EST LÀ, DEVANT MOI !
IL A L'AIR SI PAISIBLE...
じわ・・
FSH
JE...
TIENS ?
ALICE ?
AH !
BOBOM はっ
MAIS ...
QU'EST-CE QUE JE M'APPRÊTAIS À FAIRE ?!
JE SAIS !!
TU ESSAYAIS DE M'EMBRASSER C'EST ÇA ?
DÉSOLÉ DE T'AVOIR INTERROMPUE... TU PEUX CONTINUER !
TU...
TU TE TROMPES !
FUIT
BORIS A L'AIR RÉEL...
CE N'ÉTAIT PAS UN RÊVE, ALORS ...
ET COMMENT PEUX-TU ÊTRE ICI, D'AILLEURS ?!
LE PARC EST CENSÉ AVOIR DISPARU !
DOM
CE N'EST PAS TRÈS GENTIL DE DIRE ÇA !
TU N'ES PAS CONTENTE DE ME VOIR ?
TU ME FAIS DE LA PEINE, TU SAIS !!
TU AURAIS PRÉFÉRÉ QUE JE RESTE LÀ-BAS ?!
CE N'EST PAS CE QUE JE VOULAIS DIRE !
BIEN SÛR !!
VRAIMENT ?

ZUT ... JE ME SUIS ENDORMIE !
RON RON
FUIT
HMM ?
ZZZ
ZZZ
...
FRSH
HEIN ?
EUH... UNE MINUTE ...
JE SUIS EN TRAIN DE RÊVER ?
ELLE EST COMPLÈTEMENT PERDUE !...
JE ME TROUVE AU MANOIR DU CHAPELIER, DONC...
...
FSH
AU MOINS ... C'EST UN SONGE AGRÉABLE !

C'EST VRAI QUE MA PRÉSENCE ICI NE CAUSE DE TORT À PERSONNE ...
MAIS ...
LE PARC EST POUR MOI UN ENDROIT IMPORTANT...
TU EN ES BIEN SÛRE ?
...
EST-CE QUE JE VAIS ENCORE ... DEVOIR LAISSER QUELQUE CHOSE DERRIÈRE MOI...
COMME LORSQUE J'AI DÉCIDÉ DE RESTER AU ROYAUME DE CŒUR ...
ET QU'IL M'A FALLU POUR CELA ABANDONNER MA SŒUR ?
FUIT
...
JE NE VEUX PAS...
ALORS POURQUOI J'AI ÉTÉ AMENÉE DANS CE ROYAUME ?
JE ME SENTAIS SI BIEN, LÀ-BAS !
MON DESTIN ÉTAIT DONC DE PARTIR ?
J'AI TELLEMENT ENVIE DE LES REVOIR...
GOROUND ...
LES HABITANTS DU PARC ...
BORIS ...

TU PEUX UTILISER CETTE PIÈCE COMME BON TE SEMBLE !
...
MERCI ...
MÊME QUAND IL REND SERVICE, IL EST HORRIPILANT !
BON SANG ...
JE ME SUIS COMPORTÉE DE MANIÈRE STUPIDE !
PLAF
IL M'A ÉPUISÉE, AVEC SES BÊTISES...
CE DÉMÉNAGEMENT ...
COMMENT UN MONDE ENTIER PEUT-IL CHANGER AUSSI VITE ?
J'AI ÉTÉ PROJETÉE SANS QU'ON ME DEMANDE MON AVIS...
ET VOILÀ QUE JE ME RETROUVE CHEZ LE CHAPELIER, QUI EST EN GUERRE AVEC LE PARC...
GOROUND SERAIT FURIEUX S'IL L'APPRENAIT !
CELA DIT, JE SUIS UNE ÉTRANGÈRE...
ET LEURS CONFLITS NE ME CONCERNENT PAS !
JE SUIS UNE FILLE SANS CŒUR ...

JE PLAISANTAIS !
CLAC
J'ADORE TE TITILLER, TU AS TOUJOURS DES RÉACTIONS AMUSANTES !
C'EST OUVERT !!
FSH
AAH ...
ATTENTION !
POF
ÇA COMMENCE À BIEN FAIRE !
JE NE SAIS PAS QUEL TOUR VOUS AVEZ UTILISÉ, MAIS VOS MOQUERIES COMMENCENT À ME TAPER SUR LES NERFS !!
ET SI JE TE DISAIS QUE J'ÉTAIS SÉRIEUX ?
ENFIN... ON A TOUT LE TEMPS DEVANT NOUS !
J'ARRIVERAI BIEN À TE CONVAINCRE !
JE VOUS AI DIT D'ARRÊTER AVEC ÇA !
FORT BIEN...

HÉ HÉ...
DOM-MAGE !
TU N'AS PLUS AUCUN MOYEN DE T'ENFUIR !
DOM
NE ME RE-GARDE PAS COMME ÇA...
TU SAIS POURTANT BIEN QUE JE NE SUIS PAS UN BON SA-MARITAIN !
N'AIE PAS PEUR ...
JE NE VAIS PAS TE MANGER !
TU DEVRAIS PROFITER DE L'INS-TANT, TOI AUSSI !
NON ...
MAUDITE PORTE !!
TU VAS T'OUVRIR ...
HA HA...
HEIN ?
IL RIT ?

CE SERAIT DOMMAGE DE NE PAS EN PROFITER !
AH !
...
PLOF
LE MOMENT EST MAL CHOISI POUR PLAISANTER !!
QUEL MUFLE !!
OÙ VAS-TU ?
CHERCHER DE L'EAU, J'AI SOIF !!
IL DEVRAIT AVOIR HONTE DE SE MOQUER DE MOI DANS UNE SITUATION PAREILLE !
JEUNE FILLE...
CETTE PORTE NE S'OUVRIRA PAS !
QUOI ?!
CLAC
COMMENT ÇA SE FAIT ?
JE N'AI ENTENDU PERSONNE LA VERROUILLER !!
CLAC
CLAC
CLAC

DÉSOLÉE POUR LE DÉRANGEMENT...
J'ARRIVE UN PEU À L'IMPROVISTE...
NE T'INQUIÈTE PAS POUR ÇA !
NOUS AVONS BEAUCOUP DE CHAMBRES LIBRES...
METS-TOI À L'AISE !
MERCI !
AH ! BLOOD ?!
J'IMAGINE QUE TE RETROUVER SOUDAINEMENT SANS TOIT A DÛ TE PERTURBER...
C'EST NORMAL !
TU PEUX RESTER ICI...
AUSSI LONGTEMPS QUE TU LE DÉSIRES...
TU ES LA BIENVENUE !
QU'EST-CE QUI VOUS ARRIVE ?!
ÇA NE VOUS RESSEMBLE PAS D'ÊTRE AUSSI PRÉVENANT...
HÉ HÉ...
TU ES EN SITUATION DE FAIBLESSE ...

JE VOIS ...
C'EST LA PREMIÈRE FOIS QUE TU EXPÉRIMENTES CE PHÉNOMÈNE... ÇA DOIT ÊTRE UN PEU DUR...
OUI ...
TOUT LE MONDE AVAIT DISPARU, À MON RÉVEIL...
JE NE SAIS PLUS QUOI FAIRE ...
FSH
À MON AVIS ...
TU DEVRAIS TE REPOSER UN PEU !
TU ES TOUTE PÂLE, ÇA TE FERAIT LE PLUS GRAND BIEN !
!
JE VAIS DEMANDER QU'ON TE PRÉPARE UNE CHAMBRE !
MAIS ...
JE...
TU RETROUVERAS PEUT-ÊTRE LE PARC AU PROCHAIN DÉMÉNAGEMENT...
RIEN NE DIT QUE TU NE LE VERRAS PLUS JAMAIS !
SUIS-MOI...
JE VAIS TE CONDUIRE !
BOBOM
D'ACCORD ...
VOUS, AU TRAVAIL !
OH NON !
BIZARRE ...
IL EST VRAIMENT GENTIL...

TU AS RÉUSSI À VENIR AU ROYAUME DE TRÈFLE, C'EST CHOUETTE !
ON EST CONTENTS DE TE VOIR, VU QU'À CHAQUE DÉMÉNAGEMENT CERTAINES PERSONNES DISPARAISSENT !
TADAM
DEE ! DUM !
SI VOUS ÊTES LÀ, ÇA VEUT DIRE QUE JE SUIS AU MANOIR ?
BIEN SÛR !
OÙ VEUX-TU QU'ON SOIT ?
C'EST QUE LA ROUTE QUI Y MÈNE A CHANGÉ ...
AU FAIT, COMMENT TU AS FAIT POUR VENIR ?
LE PARC D'ATTRACTIONS N'A PAS BOUGÉ, POURTANT !
TU AS ÉTÉ PROJETÉE ?
OU TU ES PARTIE PARCE QUE TU NE T'Y PLAISAIS PLUS ?
VAS-Y, EXPLIQUE !
POUR ÊTRE HONNÊTE, JE N'EN SAIS RIEN MOI-MÊME...
OH !
MAIS QUI VOILÀ ?!
ELLIOT !
BLOOD !
DONC ...
TU AS VOYAGÉ JUSQU'ICI, TOI AUSSI ?
C'EST INATTENDU ...
J'IMAGINE QUE LE PARC N'EST PLUS LÀ ?
... NON ...

...
NON...
JE NE PRÉFÈRE PAS...
...
...
JE ME DEMANDE QUOI FAIRE ...
TAP
MAIS MAINTENANT QU'IL A DISPARU...
J'AI DÉCIDÉ DE RESTER DANS CE MONDE ...
PARCE QUE JE ME SENTAIS BIEN DANS LE PARC D'ATTRACTIONS !
REGARDE !
C'EST MAMZELLE ALICE !

TU EN ES BIEN SÛRE ?
ÉVIDEMMENT !
JE...
JE...
J'AI L'IMPRESSION QU'AU FOND, TU ES AUSSI ÉGARÉE QUE MOI !
COMMENT ÇA ?
DANS CE CAS...
SI TU N'AS NULLE PART OÙ ALLER, QUE DIRAIS-TU DE PARTIR EN VOYAGE ?

ILS SONT SUR UN AUTRE PLAN, VOILÀ TOUT !
POUR EUX, C'EST NOUS QUI AVONS DÉMÉNAGÉ, ET INVERSEMENT ...
TU COMPRENDS ?
COMMENT JE PEUX LES REJOINDRE ?
HMM...
ÇA ME PARAÎT COMPLIQUÉ...
EN PLUS, TU AS L'AIR COMPLÈTEMENT PERDUE !
NON ... CE N'EST PAS VRAI...
JE NE POURRAI PLUS LES REVOIR ?
EN PARLER À ACE NE SERVIRA À RIEN...
IL NE COMPRENDRA PAS...
FLOP...
PLAF
ÇA VA ?
QU'EST-CE QUI T'ARRIVE ?
TU PLEURES ?
NON...
POF
TU ES TRISTE, PEUT-ÊTRE ?
FRSH
FRSH
JE SUIS RESTÉE À WONDERLAND PARCE QUE LE PARC D'ATTRACTIONS COMPTAIT BEAUCOUP POUR MOI !
ÇA ME PARAÎT ÉVIDENT !!
AH BON ?

DEPUIS LE PARC D'ATTRACTIONS !
MAIS ALORS...
SI C'EST LA RÉALITÉ...
UNE MINUTE !!
QU'EST-CE QUE TU ENTENDS PAR PROJETÉE ?!
OÙ SONT PASSÉS LE PARC ET SES HABITANTS ?!
LE PARC EST BIEN ICI, EN QUELQUE SORTE...
IL EST DEVENU CETTE FORÊT...
PUISQU'IL N'EXISTE PAS AU ROYAUME DE TRÈFLE !
TOUT COMME...
LA TOUR DE L'HORLOGE !
QU'EST-CE QUE TU RACONTES ?!
UN TERRITOIRE NE PEUT PAS DISPARAÎTRE D'UN COUP DE BAGUETTE MAGIQUE !!
QUE SONT DEVENUS TOUS LES EMPLOYÉS ?!
DU CALME !
ILS N'ONT PAS CESSÉ DE VIVRE POUR AUTANT !

LES GENS DU CHÂTEAU DE CŒUR SONT PARTIS QUELQUE PART ?!
CE N'EST PAS CE QUE JE VOULAIS DIRE !
EN FAIT...
TU NE TE TROUVES PLUS AU ROYAUME DE CŒUR...
MAIS AU ROYAUME DE TRÈFLE !
?
COMMENT ÇA ?
LE MONDE A CHANGÉ...
LES VERTES CONTRÉES DE TRÈFLE SE SONT SUBSTITUÉES AUX TERRES QUE TU CONNAISSAIS !
J'OUBLIAIS...
QUE TU ÉTAIS UNE ÉTRANGÈRE...
C'EST DONC TON PREMIER DÉMÉNAGEMENT !
LE ROYAUME...
DE TRÈFLE ?
ON N'EST PAS DANS UN RÊVE, ALORS ?
UN RÊVE ?
EH BIEN... JE ME SUIS ENDORMIE...
ET TOUT À COUP, LA PORTE DE MA CHAMBRE MENAIT À UNE FORÊT...
REMPLIE DE PORTES...
DOUÉES DE PAROLE !
MÊME ICI, LES LIEUX NE PEUVENT PAS CHANGER AUSSI SOUDAINEMENT !
DU COUP, J'EN AI DÉDUIT QUE JE RÊVAIS...
EN FAIT...
TU AS ÉTÉ PROJETÉE...

OU IL FINIRA PAR TE MANGER !
HEIN ?
UN MONSTRE HANTERAIT DONC CES BOIS ?!
ME QUOI ?!
JE NE DEVRAIS PEUT-ÊTRE PAS M'ATTARDER ICI...
FRSH
TIENS ?
COUCOU, ALICE !
GLOUPS
FRSH
!
ACE ?
C'EST TOI, LE MONSTRE ?
ÇA FAIT TOUT DRÔLE DE LE CROISER EN PLEIN RÊVE...
TU T'ES ENCORE PERDU, C'EST ÇA ?
TU AS UNE FEUILLE DANS LES CHEVEUX !
MERCI !
PAS DU TOUT, VOYONS !
JE VOYAGE !
AVEC LE DÉMÉNAGEMENT, LE MONDE EST ENCORE INSTABLE... C'EST LE MOMENT IDÉAL POUR PARTIR À L'AVENTURE !
POF
UN DÉMÉNAGEMENT ?
J'AI MÊME EU LE TEMPS D'ALLER JUSQU'À LA TOUR !
SON COMPORTEMENT EST ÉTRANGE...
?
EXCUSE-MOI...
JE VOUDRAIS COMPRENDRE...
QUI A DÉMÉNAGÉ, AU JUSTE ?
EH BIEN...
NOUS, ALICE ! QUI D'AUTRE ?
HEIN ?!
DE QUOI TU PARLES ?

AU SECOURS !!
IL SE RAPPROCHE !
VSH
?!
HEIN ?
MAIS ...
BAM
PLAF
AÏE ...
D'OÙ IL SORT, LUI ?
FUIT
FUIT
... QUI ÊTES-VOUS ?
BRR
BRR
BRR
OH LÀ LÀ ...
OH LÀ LÀ LÀ LÀ !!
BRR
QU'EST-CE QUI VOUS AFFOLE À CE POINT ?
BRR
JE SUIS POURSUIVI...
PAR UNE ESPÈCE DE FOU FURIEUX !!
TU FERAIS MIEUX DE FUIR !!
FSH
QUOI ?!

IL Y A QUELQU'UN ?!
JE ME FAIS DES IDÉES ?
OUVRE...
OUVRE-NOUS !
NON, JE N'AI PAS RÊVÉ !
S'IL TE PLAÎT...
MAIS JE NE VOIS PERSONNE...
OUVRE...
UNE PORTE !
CE SONT LES PORTES...
QUI PARLENT ?
ON TE CONDUIRA LÀ OÙ TU VEUX ALLER !
L'ENDROIT QUE TU DÉSIRES LE PLUS RETROUVER !
QU'EST-CE QU'ELLES PEUVENT BIEN...
VOULOIR DIRE PAR LÀ ?
AAAAAH !!
UN CHAAAT !!
TAP
TAP
TAP
TAP

...
C'EST FORCÉMENT UN RÊVE...
ÇA ALORS...
LA PORTE EST COLLÉE SUR UN ARBRE !
CE QUI SIGNIFIE QUE LA VOIX QUE J'AI ENTENDUE TOUT À L'HEURE ÉTAIT BIEN CELLE DE ...
NIGHTMARE !!
TU POURRAIS AU MOINS RÉPONDRE !
CE N'EST VRAIMENT PAS DRÔLE !!
QU'EST-CE QUE JE VAIS DEVENIR TOUTE SEULE DANS CETTE FORÊT ?
DES PORTES ET DES FLÈCHES PARTOUT ...
ME VOILÀ BIEN AVANCÉE !
EN PLUS, JE N'ARRIVE PAS À DÉCHIFFRER LES INSCRIPTIONS !
EST-CE QUE ÇA SIGNIFIE QUE LE CHEMIN DU RETOUR EST PAR LÀ-BAS ?
C'EST D'UN LUGUBRE ...
NOUS ...
!

FLOP
ヨロ…
POURQUOI LA PORTE S'OUVRE-T-ELLE SUR UNE FORÊT ?!
QU'EST-CE QUE ÇA VEUT DIRE ?
MAIS…
BON, MIEUX VAUT RETOURNER DANS MA CHAMBRE…

ESPÉ-RONS...
QU'IL NE S'EST RIEN PASSÉ DE GRAVE !

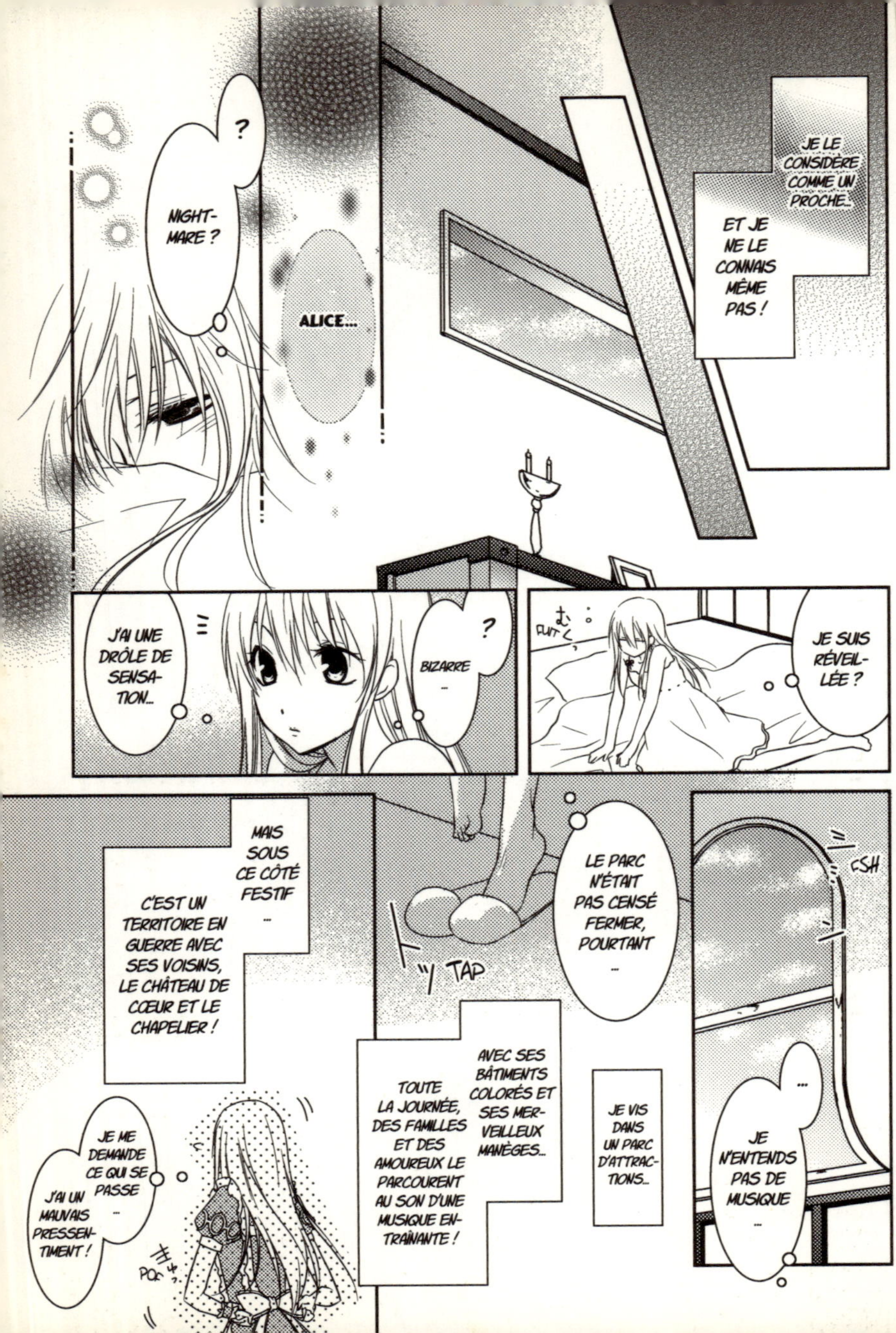
JE LE CONSIDÈRE COMME UN PROCHE...
ET JE NE LE CONNAIS MÊME PAS !
ALICE...
?
NIGHT-MARE ?
JE SUIS RÉVEIL-LÉE ?
?
BIZARRE...
J'AI UNE DRÔLE DE SENSA-TION...
FSH
...
JE N'ENTENDS PAS DE MUSIQUE...
LE PARC N'ÉTAIT PAS CENSÉ FERMER, POURTANT...
TAP
JE VIS DANS UN PARC D'ATTRAC-TIONS...
AVEC SES BÂTIMENTS COLORÉS ET SES MER-VEILLEUX MANÈGES...
TOUTE LA JOURNÉE, DES FAMILLES ET DES AMOUREUX LE PARCOURENT AU SON D'UNE MUSIQUE EN-TRAÎNANTE !
MAIS SOUS CE CÔTÉ FESTIF...
C'EST UN TERRITOIRE EN GUERRE AVEC SES VOISINS, LE CHÂTEAU DE CŒUR ET LE CHAPELIER !
JE ME DEMANDE CE QUI SE PASSE...
J'AI UN MAUVAIS PRESSEN-TIMENT !

HI HI...
ILS SONT IRRÉCUPÉRABLES !
LES GENS D'ICI SONT COMME MA FAMILLE...
J'AI L'IMPRESSION...
QUE LA NUIT N'EST PAS PRÈS DE TOMBER !
ÇA FAIT UN MOMENT QUE ÇA DURE, D'AILLEURS...
J'AIMERAIS BIEN QU'IL FASSE NOIR QUAND JE VAIS ME COUCHER !
JE SUIS ÉPUISÉE...
ENCORE UNE JOURNÉE BIEN REMPLIE...
S'OCCUPER DU PARC, C'EST ÉREINTANT...
HMM...
JE ME DEMANDE...
SI BORIS TRAVAILLE, LUI AUSSI ?
JE NE L'AI JAMAIS VU FAIRE QUOI QUE CE SOIT...
ALLEZ DONC TRAVAILLER !!
TAP
TAP
IL EST PARTI VAQUER À SES OCCUPATIONS...
IL A PEUT-ÊTRE UN PETIT BOULOT DANS LE COIN...
IL FAUT BIEN GAGNER SA VIE !
CE GARÇON EST UN MYSTÈRE...
JE NE SAIS PAS CE QU'IL FAIT DE SES JOURNÉES !
ON PASSE POURTANT BEAUCOUP DE TEMPS ENSEMBLE...

ATTENDS... NE ME DIS PAS QUE TU AS DES VUES SUR ALICE ?
PENSE À LA DIFFÉRENCE D'ÂGE !
QU'EST-CE QUE TU RACONTES ?!
ET POUR TA GOUVERNE, JE NE SUIS PAS SI ÂGÉ QUE ÇA !!
BLA BLA
BLA BLA
BLA BLA
...
ÇA COMMENCE À BIEN FAIRE !!
ALLEZ DONC TRAVAILLER, AU LIEU DE FAIRE LES IMBÉCILES !!
BOM
QUOI ?!
OUPS...
GLOUPS...
TAP
しょぼん...
FLOP
TAP
JE RÊVE...
DE VRAIS GAMINS !
J'AI FINI PAR M'HABITUER...
COUCOU !
PRÊTE POUR LE BOULOT ?
BIEN SÛR !
JE M'Y METS TOUT DE SUITE !
C'EST BON, PRENDS TON TEMPS ! ☆
À CES SCÈNES COMPLÈTEMENT SURRÉALISTES !
CE PARC EST MON NOUVEAU FOYER...
C'EST DE TA FAUTE SI ELLE S'EST MISE EN COLÈRE !!
COMMENT ÇA, DE MA FAUTE ?!
ILS SONT ENCORE EN TRAIN DE SE DISPUTER... ILS NE S'EN LASSERONT JAMAIS, MA PAROLE !
SOIT ILS S'ADORENT, SOIT ILS SE DÉTESTENT...

OÙ ÉTAIS-TU PASSÉE ?
ぴょんっ
POF
BORIS ?!
スンスン
SNIF SNIF
HMM... TU SENS LE RENFERMÉ !
TU ÉTAIS ENCORE FOURRÉE À LA TOUR DE L'HORLOGE ?
OUI...
POURQUOI ?
ÇA NE ME PLAÎT PAS...
L'HORLOGER SERAIT CAPABLE DE TE GARDER POUR LUI TOUT SEUL !
ARRÊTE DE DIRE DES BÊTISES...
MAIS JE SUIS TRÈS SÉRIEUX !
TU ES EXTRÊMEMENT POPULAIRE, NORMAL QUE JE M'INQUIÈTE !
JE CROIS QUE JE VAIS DEVOIR TE SÉQUESTRER...
FRSH FRSH
TU IRAS EN PRISON, JE TE PRÉVIENS !
EH, SALE MATOU !
JE CONSTATE QUE TU PERSISTES À ENNUYER CETTE PAUVRE ALICE...
GOROUND !
JE LA TAQUINAIS UN PEU, C'EST TOUT !
DE QUOI JE ME MÊLE, D'ABORD ?!
ON NE SAIT JAMAIS, AVEC TOI !
C'EST MON PARC, ICI, QUE JE SACHE !
ET EN TANT QUE PROPRIÉTAIRE DES LIEUX, C'EST MA RESPONSABILITÉ DE VEILLER À LA SÉCURITÉ DE MES EMPLOYÉS !
TU EN FAIS TROP... VIEUX RABAT-JOIE !

TOI AUSSI ?
EN EFFET...
BON... JE RETOURNE AU PARC D'ATTRACTIONS !
ÇA IRA, AVEC JULIUS ?
IL AVAIT L'AIR VRAIMENT FURIEUX...
AUCUN PROBLÈME !
HA HA HA...
ET TOI...
PRENDS GARDE À NE PAS TE PERDRE EN ROUTE !
TU ES MAL PLACÉ POUR ME DONNER CE GENRE DE CONSEIL !
JE ME TROUVE AU ROYAUME DE CŒUR, À WONDERLAND...
ZUT...
JE N'AI PAS PENSÉ À DÉBARRASSER MA TASSE...
UN MONDE À PART DANS LEQUEL J'AI ÉTÉ ENTRAÎNÉE PAR UN LAPIN BLANC !
ACTUELLEMENT, JE LOGE AU PARC D'ATTRACTIONS...
ALICE !!
!!

JE NE SAIS PAS POURQUOI, MAIS JE N'ARRIVE PAS À ME SOUVENIR DE LA ROUTE QUI MÈNE AU PALAIS !
JE PASSE PLUS DE TEMPS À CAMPER DEHORS...
MALHEUREUSEMENT, TON PROBLÈME D'ORIENTATION NE SE LIMITE PAS AU CHÂTEAU !
GRR...
TU SAIS, CES DERNIERS TEMPS, JE ME PERDS UN PEU MOINS SOUVENT !
GRR...
ALORS ÇA, ÇA M'ÉTONNERAIT !
MAIS SI, JE T'ASSURE !
GRR...
SILENCE !
PAF
SORTEZ DE CHEZ MOI !
VLAM
CLIC CLIC
ZUT...
IL A FERMÉ À CLÉ...
IL S'EST FÂCHÉ TOUT ROUGE...
C'EST DE TA FAUTE !
HA HA HA...
IL ÉTAIT JUSTE UN PEU GÊNÉ...
IL N'EST PAS HABITUÉ À AVOIR AUTANT D'ANIMATION !
C'EST UN GRAND TIMIDE, EN FAIT...
TOUJOURS AUSSI INSOUCIANT, CELUI-LÀ...
ENFIN, CE N'EST PAS GRAVE...
JE COMPTAIS RENTRER, DE TOUTE FAÇON !
TU VAS TRAVAILLER ?
OUI...

Chapitre 1
ALICE... TU M'EMPÊCHES DE TRAVAILLER !
DÉPÊCHE-TOI DE RETOURNER AU PARC D'ATTRACTIONS, SI TU N'AS RIEN DE MIEUX À FAIRE !
JE VAIS PARTIR, NE T'INQUIÈTE PAS...
UNE FOIS QU'ON AURA UN PEU DISCUTÉ...
ET QUE J'AURAI FINI MON CAFÉ !
JE SUPPOSE QUE JE N'AI PAS LE CHOIX...
TIENS ?
TU ES ENCORE LÀ, ALICE ?
SALUT, ACE !
VOUS PASSEZ TOUJOURS AUTANT DE TEMPS ENSEMBLE, TOUS LES DEUX !
C'EST LE GRAND AMOUR ?
QU'EST-CE QUE TU VAS T'IMAGINER ?
AH BON ?
ALORS...
TU ES VENUE EXPRÈS POUR ME VOIR ?
JE M'EXCUSE D'ÊTRE RENTRÉ SI TARD !
DÉSOLÉ DE T'AVOIR FAIT ATTENDRE !
TU N'Y ES PAS DU TOUT...
EN PLUS, TU HABITES AU CHÂTEAU DE CŒUR, NON ? JE SERAIS ALLÉE LÀ-BAS, PLUTÔT !
HMM... TU MARQUES UN POINT !
...

QuinRoseBox

IL FAUT SAVOIR QU'ICI, LE TEMPS S'ÉCOULE DE MANIÈRE UN PEU PARTICULIÈRE...
LE MATIN, L'APRÈS-MIDI ET LE SOIR SE SUCCÈDENT ALÉATOIREMENT !
LA NUIT PEUT TOMBER EN PLEIN MILIEU DE LA JOURNÉE SANS PRÉVENIR...
ET CHAQUE PÉRIODE DE TEMPS PEUT AUSSI SE PROLONGER INDÉFINIMENT !
JE DOIS DIRE QUE J'ÉTAIS UN PEU PERDUE AU DÉPART...
MAIS CELA NE SEMBLE PAS GÊNER LES HABITANTS DE CE MONDE !
TROIS HEURES DU MATIN OU TROIS HEURES DE L'APRÈS-MIDI, C'EST TOUJOURS TROIS HEURES !
ENFIN...
CEUX QUI PEUPLENT CET UNIVERS...
ONT TOUS UNE MONTRE À LA PLACE DU CŒUR !
ILS MEURENT QUAND ELLE S'ARRÊTE OU SE BRISE, ET ON L'APPORTE ALORS À LA TOUR DE L'HORLOGE...
POUR QUE JULIUS LA RÉPARE, CE QUI PERMET À SON POSSESSEUR DE RENAÎTRE !
CE DERNIER N'A PLUS AUCUN SOUVENIR DE SA VIE PRÉCÉDENTE...
MAIS LES GENS D'ICI CONSIDÈRENT JUSTE QU'IL A ÉTÉ REMPLACÉ, ET C'EST TOUT !
J'AI ENCORE DU MAL À ACCEPTER CETTE FAÇON DE PENSER...
BREF...
C'EST UN MONDE TRÈS ÉLOIGNÉ DU NÔTRE, OÙ IL PEUT ARRIVER N'IMPORTE QUOI...
MALGRÉ ÇA, J'EN SUIS VENUE À APPRÉCIER SES HABITANTS...
ET J'AI DÉCIDÉ DE RESTER VIVRE ICI !
QUAND PETER M'Y A EMMENÉE, IL M'A FAIT BOIRE UNE POTION M'EMPÊCHANT DE LE QUITTER !
CELA DIT...
JE N'AI PAS OUBLIÉ LE MONDE RÉEL POUR AUTANT !
C'EST PEUT-ÊTRE POUR CETTE RAISON...
QUE LE JEU PEUT CONTINUER !

C'EST MOI, ALICE LIDDELL, QUI VAIS VOUS PRÉSENTER WONDERLAND, LE PAYS DES MERVEILLES !
PRÉSENTATION DE WONDERLAND
TOUT D'ABORD, JE VAIS VOUS PARLER DU ROYAUME DE CŒUR, OÙ J'AI FINALEMENT DÉCIDÉ DE M'INSTALLER ...
IL SE DIVISE EN QUATRE TERRITOIRES, LE CHÂTEAU DE CŒUR, LE MANOIR DU CHAPELIER, LE PARC D'ATTRACTIONS ET LA TOUR DE L'HORLOGE !
VIVALDI, LA REINE DE CŒUR
NOTRE HISTOIRE SE DÉROULE LÀ OÙ J'HABITE, DANS LE PARC D'ATTRACTIONS !
LE BOSS DE LA CHAPELIER FAMILY, BLOOD DUPRÉ
MARY GOROUND, LE PROPRIÉTAIRE DU PARC
JE DOIS PRÉCISER QUE LES TROIS PREMIERS TERRITOIRES...
SE FONT LA GUERRE !
LA TOUR DE L'HORLOGE EST LA SEULE ZONE NEUTRE...
LE PARC D'ATTRACTIONS
LE CHÂTEAU DE CŒUR
LA TOUR DE L'HORLOGE
LE MANOIR DU CHAPELIER
C'EST POUR CETTE RAISON QUE CHAQUE PERSONNE EST AUTORISÉE À PORTER UNE ARME, CE QUI NE VA PAS SANS CAUSER QUELQUES DÉSAGRÉMENTS !
PASSONS MAINTENANT AUX HABITANTS...
ILS SONT DE DEUX SORTES, LES ACTEURS ET LES SANS-VISAGE !
LES PREMIERS ONT UN VÉRITABLE VISAGE BIEN DISTINCT...
ET JOUENT UN RÔLE IMPORTANT DANS L'HISTOIRE DE CE MONDE !
LES SECONDS, COMME LEUR NOM L'INDIQUE, N'ONT PAS DE TRAITS DISTINCTIFS CLAIRS.
LES DOMESTIQUES DU CHAPELIER
LES SOLDATS ET SERVANTES DU CHÂTEAU
LES HABITANTS ORDINAIRES
BIEN SÛR, ON ARRIVE À LES DIFFÉRENCIER LES UNS DES AUTRES. IL SUFFIT D'ÊTRE UN PEU ATTENTIF !

Alice au royaume de Trèfle
Présentation des personnages

ELLIOT MARCH

C'EST LE BRAS DROIT DE BLOOD. CET ANCIEN CRIMINEL, DE NATURE IRRITABLE, ÉTAIT CONNU POUR TIRER SUR TOUT CE QUI BOUGEAIT. IL S'EST UN PEU CALMÉ APRÈS ÊTRE ENTRÉ AU SERVICE DE LA CHAPELIER FAMILY ET, À PRÉSENT, IL RÉFLÉCHIT ENVIRON TROIS SECONDES AVANT DE SORTIR SON ARME.

BLOOD DUPRÉ

LE CHEF DE LA CHAPELIER FAMILY EST UN HOMME DANGEREUX, QUI PRÉFÈRE DÉLÉGUER LE SALE BOULOT ET SE CONTENTER DE TIRER LES FICELLES DANS L'OMBRE. IL EST TRÈS INTELLIGENT, MAIS, QUAND QUELQUE CHOSE SUSCITE SON INTÉRÊT, IL LAISSE VOLONTAIREMENT DES FAILLES DANS SES PLANS...

ALICE LIDDELL

UNE JEUNE FILLE ORDINAIRE ET UN PEU COMPLEXÉE. ELLE EST ARRIVÉE À WONDERLAND GRÂCE À L'INTERVENTION D'UN LAPIN BLANC ET A DÉCIDÉ D'Y RESTER. MAIS DE NOUVELLES AVENTURES L'ATTENDENT...

VIVALDI

C'EST UNE FEMME MAGNIFIQUE AU TEMPÉRAMENT SANGUIN, IMPITOYABLE ET ARROGANTE. ELLE CONSIDÈRE SES SERVITEURS COMME DES OUTILS JETABLES. EN GÉNÉRAL, CEUX QUI NE LUI SONT D'AUCUNE UTILITÉ SONT SANS INTÉRÊT À SES YEUX, MAIS ELLE AIME BIEN ALICE, QU'ELLE CONSIDÈRE COMME SA PETITE SŒUR.

TWEEDLE DUM

GARDE AU SERVICE DE LA CHAPELIER FAMILY. IL EST DIFFICILE DE LE DISTINGUER DE SON JUMEAU. LES DEUX FRÈRES ONT UN CÔTÉ SYMPATHIQUE, MAIS ILS SONT AUSSI CRUELS, D'OÙ LEUR SURNOM DE "BLOODY TWINS". ILS PEUVENT SE CHANGER EN ADULTES À VOLONTÉ.

TWEEDLE DEE

GARDE AU SERVICE DE LA CHAPELIER FAMILY. IL EST DIFFICILE DE LE DISTINGUER DE SON JUMEAU. LES DEUX FRÈRES ONT UN CÔTÉ SYMPATHIQUE, MAIS ILS SONT AUSSI CRUELS, D'OÙ LEUR SURNOM DE "BLOODY TWINS". ILS PEUVENT SE CHANGER EN ADULTES À VOLONTÉ.

BORIS AIRAY

CHAT AU SOURIRE CYNIQUE, QUI AIME LES ÉNIGMES. IL PRÉFÈRE D'AILLEURS LES LAISSER SANS RÉPONSE, CAR IL TROUVE ÇA PLUS AMUSANT. VOIR LE LOIR LUI OUVRE L'APPÉTIT.

ACE

LE CHEVALIER DE CŒUR, D'UN NATUREL ENJOUÉ, IL SE PERD CONSTAMMENT À CAUSE DE SON TRÈS MAUVAIS SENS DE L'ORIENTATION. COMME IL A DU MAL À SUPPORTER SON RÔLE, IL EST TRÈS PERTURBÉ D'AVOIR ÉTÉ SÉPARÉ DE JULIUS... PARVIENDRA-T-IL À ALLER DE L'AVANT ?

PETER WHITE

LAPIN BLANC AU SERVICE DE LA REINE DE CŒUR, RESPONSABLE DE LA VENUE D'ALICE À WONDERLAND. IL N'APPRÉCIE PERSONNE À PART LA JEUNE FILLE, DONT IL EST FOLLEMENT AMOUREUX. FROID ET CALCULATEUR, IL CHANGE DU TOUT AU TOUT EN PRÉSENCE DE SA CHÈRE ET TENDRE.

GRAY RINGMARC

VALET DE NIGHTMARE, QU'IL A À UNE ÉPOQUE ESSAYÉ D'ASSASSINER. HEUREUSEMENT, CE TEMPS EST RÉVOLU, CAR IL A FINI PAR S'ATTACHER À SON SUPÉRIEUR. EN PLUS D'ÊTRE ÂPRE À LA TÂCHE, IL EST AUSSI BON BRETTEUR QU'ACE.

NIGHTMARE GOTTSCHALK

C'EST UN DÉMON DES CAUCHEMARS ET, EN TANT QUE TEL, IL POSSÈDE LE POUVOIR D'ENTRER DANS LES RÊVES DES GENS. IL EST DE CONSTITUTION FRAGILE (LE MOINDRE CHOC LUI FAIT CRACHER DU SANG), MAIS DÉTESTE LES HÔPITAUX ET LES PIQÛRES.

PIERCE VILLIERS

C'EST UN LOIR INSOMNIAQUE, PARCE QU'IL BOIT TROP DE CAFÉ. IL AIME BEAUCOUP NIGHTMARE (GRÂCE À LUI, IL PEUT DORMIR) ET DÉTESTE BORIS (SON PRÉDATEUR NATUREL). IL N'APPRÉCIE PAS NON PLUS BLOOD, NI VIVALDI (AMATEURS DE THÉ) MAIS S'ENTEND BIEN AVEC ELLIOT ET PETER (CE SONT DES LAPINS, IL NE LES CONSIDÈRE PAS COMME UNE MENACE).

ALICE AU ROYAUME DE TRÈFLE

- STORY -

ALICE AU ROYAUME DE TRÈFLE REPREND L'HÉROÏNE D'*ALICE AU ROYAUME DE CŒUR*, QUI A DÉCIDÉ DE RESTER AU PAYS DES MERVEILLES SANS POUR AUTANT NOUER DE VÉRITABLE RELATION AMOUREUSE. COMME ELLE CONNAÎT DÉJÀ L'ENSEMBLE DES PROTAGONISTES, LA SÉRIE VA PRENDRE UNE TOURNURE UN PEU DIFFÉRENTE...

LA JEUNE FILLE PARVIENDRA-T-ELLE À TROUVER L'AMOUR DANS CE MONDE AUSSI ENCHANTÉ QUE DANGEREUX ?

QuinRoseBox

SOMMAIRE

ALLEZ, VIENS T'AMUSER AVEC MOI !
POF

Alice au royaume de Trèfle
~ Cheshire Cat Waltz ~
1

Mamenosuke Fujimaru

QU'EST-CE QUI TE PREND, TOUT À COUP ?!
LE VISAGE EMBARRASSÉ QU'ELLE AVAIT EN ME DISANT CELA...
ÉTAIT...
VRAIMENT ATTIRANT !

EN FAIT...
C'EST UNE ÉTRANGÈRE !
AH BON ?!
SÉRIEUX ?!
OUAH...
UNE ÉTRANGÈRE !
C'EST VRAI ?
SANS BLAGUE ?
C'EST LA PREMIÈRE FOIS QUE J'EN VOIS UNE !
EUH...
EN EFFET, JE NE SUIS PAS D'ICI...
ELLE POSSÈDE UN VISAGE, BIEN QU'ELLE NE FASSE PAS PARTIE DES ACTEURS...
POUR LE RESTE, ELLE N'A RIEN D'EXTRAORDINAIRE...
ET ELLE N'EST PAS PARTICULIÈREMENT JOLIE !
?
HMM...
SNIF
SNIF
SNIF
AH !
ELLE SENT BON, PAR CONTRE !
AAAAH !
ET...

PAN
FINI DE JOUER...
TU NOUS CASSES LES OREILLES AVEC TON CRINCRIN !
!
CETTE PAUVRE DEMOISELLE ÉTAIT À DEUX DOIGTS DE CRAQUER, JE TE SIGNALE !
COM-MENT ?!
J'ALLAIS JUSTEMENT ENTAMER UN PASSAGE CRUCIAL !
TOUT ÉTAIT PARFAIT JUSQU'À CE QUE TU DÉBARQUES !!
BLA BLA ぎゃん
DÉBARRASSE-MOI LE PLANCHER !
PARCE QUE TU COMPTAIS MASSACRER D'AUTRES MORCEAUX ?!
BLA BLA ぎゃん
OUF...
IL EST ARRIVÉ À POINT NOMMÉ !
ET TOI...
QUI ES-TU, AU FAIT ?
TU N'ES PAS DU COIN, JE ME TROMPE ?
MOI ?
EUH ...
SI JE LUI DIS QUE JE VIENS...
D'UN AUTRE MONDE ...
IL NE VOUDRA PAS ME CROIRE !

CE JOUR-LÀ, JE ME PROMENAIS DANS LE PARC D'ATTRACTIONS ...
ギィ
CRIIN
ギ〜
CRIIN
OUH LÀ LÀ...
C'EST ATROCE !
LA LA LA !
LA LA LA !
CRIN
GH...
CRIN
CRIIIN
LORSQUE JE SUIS TOMBÉ SUR UNE JEUNE FILLE AUX PRISES AVEC GOROUND ET SON VIOLON...
PFF...
FSH